Diogenes Taschenbuch 24700

de
te
be

JOACHIM B. SCHMIDT, geboren 1981, aufgewachsen im Schweizer Kanton Graubünden, ist 2007 nach Island ausgewandert. Seine Romane *Tell* und *Kalmann* waren Bestseller; mit *Kalmann* erreichte er den 3. Platz beim Schweizer Krimipreis und erhielt den Crime Cologne Award. *Tell* war auf Platz 1 der Schweizer Bestsellerliste und erhielt den Bündner Literaturpreis. Der Doppelbürger lebt mit seiner Frau und zwei gemeinsamen Kindern in Reykjavík.

Joachim B. Schmidt

Tell

ROMAN

Diogenes

Die Erstausgabe erschien 2022 im Diogenes Verlag
Covermotiv: Design von Rahel Bünter
Copyright © Diogenes Verlag

Veröffentlicht als Diogenes Taschenbuch, 2024
Alle Rechte vorbehalten
Copyright © 2022
Diogenes Verlag AG Zürich
www.diogenes.ch
200/24/852/1
ISBN 978 3 257 24700 8

*Für meine Mutter
und meinen Vater
in Dankbarkeit*

Esa karskr maðr,
sás köggla berr
frænda hrørs
af fletjum niðr.

Kein heiter Mensch,
der Gebeine trägt
eines verfallen Verwandten
zu Grabe nieder.

*Aus »Sonatorrek; Söhne-Verlust«, ein Gedicht
der rund 800-jährigen Egilssaga, die dem
Isländer Snorri Sturluson (1179–1241) zuge-
schrieben wird. Sowohl seine Autorschaft, als
auch die Möglichkeit, dass der Wikinger Egill
Skallagrímsson, Held der Saga, das Gedicht
um 960 n. Chr. selbst verfasst haben könnte,
sind jedoch umstritten.*

Kapitel 1

»Der Mensch ist nichts weiter
als eine Heuschrecke.«

Hedwig

Mitten auf der Wiese hockt ein Bär. Er hat mich längst bemerkt, sitzt womöglich schon seit einer Weile da, hat mir in aller Ruhe zugeschaut, wie ich den Nachttopf neben der Hütte ausgeschüttet habe. Jetzt reckt er die Nase in die Luft und schnuppert. Ich bleibe reglos stehen, während sich der Bodenfrost unter meine Kleider schleicht.

Es ist still im Tal. Selbst das Rauschen des Baches ist verhalten. Vielleicht hat sich in der Nacht eine Eisschicht auf dem Wasser gebildet. Der Bär kratzt sich hinterm Ohr, sieht eigentlich nicht so aus, als wäre er gefährlich. Und doch sitzt mir die Angst genau wie die Kälte in den Gliedern. Ich bleibe einfach stehen.

Jetzt schaut er zum Stall, schnuppert wieder, scheint etwas zu riechen, das ihn interessiert. Die Hühner, die Kühe!, schießt es mir durch den Kopf, und dann bemerke ich Wilhelm, der wie versteinert an die Stallmauer gelehnt steht. Er hat seine Armbrust auf den Bären gerichtet.

Ich will nein rufen, denn ich fürchte, dass uns der Bär angreifen könnte, wenn ihn Wilhelm nicht tödlich trifft. So ein Tier erlegt man schließlich nicht mit einem einzigen Bolzen. Vielleicht ist der Bär gar kein Bär, sondern ein verzauberter Mensch. Wie in den Geschichten. Doch das Fleisch und das Fell könnten wir gut gebrauchen, das schon. Und für die Tatzen bekämen wir auf dem Markt bestimmt einen ganzen Sack voll Mehl. Darum sage ich nichts.

Plötzlich fliegt die Haustür neben mir auf. Meine Mutter kommt im Nachthemd ins Freie gestürmt und marschiert beherzt auf den Bären zu. Sie steckt noch immer in ihr, die unerschrockene Aloisa, die ums Verrecken nicht will, dass man sie Großmutter nennt. In jeder Hand hält sie einen Kochtopf, und diese Töpfe schlägt sie nun so fest aneinander, dass sogar ich zusammenzucke. Dazu gibt sie bellende Rufe von sich.

»Hep, hep, hep!«

Das zeigt Wirkung. Der Bär springt erschrocken auf die Füße und rennt davon. Zugleich zieht Wilhelm am Abzug, und mein Herz verliert den Rhythmus. Die Armbrust schnalzt, doch der Bolzen ist nur ein schneller Schatten, zu schnell für mein Auge. Entweder ist er geräuschlos in das dicke Fell gefahren oder hat das Tier gänzlich verfehlt. Egal. Der Bär sucht das Weite, rennt über die Wiese, patscht durch den Bach und verschwindet im Wald. Von da hört man noch das Knacken von Ästen, die Wipfel der kleinen Tannen schwanken hin und her, dann ist es wieder still.

Ich schaue gebannt auf den Waldrand und lausche. Mein Herz rast. Mutter hält die Töpfe noch immer erhoben, als warte sie nur darauf, sich dem Bären erneut zu stellen. Wilhelm bebt, wirft uns einen wütenden Blick zu, aber er sagt kein Wort. Er wendet sich ab und verschwindet im Stall. Mutter schüttelt den Kopf.

»Dieser Draufgänger«, knurrt sie.

Aus dem Stall hören wir ihn brüllen:

»Walter, komm!«

Walter

Im Gatterwald geht mir die Luft aus. Ich hasse diesen steilen Hang. An meinen Beinen liegt's nicht, die würden mich sogar bis auf den Engelberg tragen. Aber am Schnauf. Jeder Atemzug sticht in der Brust, schnürt mir den Hals zu. Vater geht noch schneller als zuvor, nimmt mein Japsen gar nicht wahr. Er strebt durch den Wald, klettert der Fluh entlang, hüpft von Stein zu Stein, eilt mit langen Schritten über die Alpwiese, auf der er die Ziegen mit einer mürrischen Handbewegung auseinanderscheucht. Dann wieder bleibt er plötzlich stehen, schaut sich um, lauscht, hält den Atem an. Und geht weiter.

Die Fährte des Bären haben wir schon im Stäfeli verloren, eigentlich hätten wir gleich wieder umkehren können. Oder weiß Vater, wohin der Bär geflohen ist? Weiß er, wie ein Bär denkt? Ich stolpere ihm keuchend hinterher, schaue zu Boden, Schritt für Schritt für Schritt.

Die Gossalp umgehen wir in weitem Bogen. Tobler bemerkt uns trotzdem. Er tritt vor die Hütte, stemmt die Hände in die Seite und schaut uns scharf hinterher. Grosi Marie sagt, dass Tobler gute Augen habe. Er könne seine Viecher von der Hütte aus zählen. Wieso also fragen wir nicht ihn, ob er den Bären gesehen hat?

Aber Vater schaut stur nach vorn, will weder Tobler

noch meinen keuchenden Atem bemerken. Grosi Marie sagt, dass Menschen in den Felsen nichts zu suchen haben. Wo kein Kraut wächst, hat der Teufel seinen Fußabdruck hinterlassen.

Wenn ich einmal groß bin, bleibe ich unten im Tal. Und zwar immer.

Tobler

Querulant. Hetzt er wieder über meine Wiesen, dieser. Die Ziegen macht mir der Tell noch ganz verrückt. Aufwärts will er, immer aufwärts, wie ein glühender Funke überm Feuer. Und er weiß ganz genau, dass ich ihn längst bemerkt habe. Aber glaubst du, er würde sich zu mir umdrehen? Meine wenige Existenz bezeugen? Vergiss es. Für diesen Hartschädel gibt es nur ihn selbst und niemanden sonst. Sogar als ich ihn aus dem Schnee hinterm Miststock gegraben und am Feuer wieder lebendig gemacht habe, hat er sich nicht bedankt. Kein Wort. Noch heute nicht. Als wär's eine Selbstverständlichkeit gewesen. Ganz friedlich hat er im Schnee gelegen, fast so, als wolle er ein Nickerchen machen. Das Aufwachen ist ihm schwergefallen, Teufel, der ist schon fast rüber gewesen. Gekrümmt und kraftlos hat er an meinem Feuer gesessen und sich nur unwillig zurück zu den Lebenden gesellt. Vielleicht will man gar nicht zurück, wenn man schon so nah am Totsein ist. Dann ist er einfach gegangen, hat mich nicht einmal angeschaut, obwohl seine Hände noch immer so steif von der Kälte gewesen sind, dass er die Tür nicht aufgebracht hat. Helfen habe ich ihm müssen! Und ihm dann hinterhergeschaut, stumm wie ein geschnitzter Stöpsel.

Ziemlich genau elf Jahre ist's her. Ein grässlicher Herbst.

Sein Bruder ist längst nicht der Einzige, der seinerzeit vom Herrgott zu sich gerufen worden ist. Der Isentalerbach hat den ganzen Eyrihof mitsamt seiner Kapelle in den Urnersee gespült. Für eine Weile hat man sie noch auf dem See treiben sehen. Drüben hat das Sankt-Lazarus-Kloster in einer riesigen, knietiefen Pfütze gestanden. Da hat wohl alles Beten nichts geholfen. Etwas Unchristliches muss sich da oben in den Felsen zugetragen haben. Vielleicht ist es den Eishexen oder sogar Tell selbst zu verschulden.

Wenigstens hat er heute nicht die Axt dabei, dieser Troll. Wenn er sich noch einmal an meinem Bannwald vergreift, dann ... Ach, was wollte ich denn. Tell hört auf nichts und niemanden, schon gar nicht auf mich. Aber wieso diese Hast? Das nähme mich wunder. Ist der Mann auf der Flucht? Glaubt er etwa, der erste Wintersturm lauert schon hinter den Felsen, um übers Tal hinwegzufegen? Wie damals vor elf Jahren.

Seine Armbrust trägt er auf dem Rücken, ich seh's genau. Ach was, Tell ist nicht auf der Flucht. Er ist auf der Jagd, nichts weiter. Vielleicht wartet da oben ein Wolfsrudel auf ihn, oder ein Bär. Er wird in den Felsen sein Ende finden wie sein Bruder damals. Wenn nur nicht sein Sohn dabei wäre. An Walter ist nichts auszusetzen, ein tüchtiger Bub, aufrichtig, wenn auch ernst. Er hat das Zeug dazu, eines Tages den Tellhof zu übernehmen. Aber auf ein freundliches Lächeln wartet man auch bei ihm vergebens. Sein Vater, dieses Rindvieh, hat ihm wahrscheinlich die Lebensfreude aus dem Leib geprügelt und ihm dafür alle Sorgen aufgeschultert. Ein Sturschädel ist's! Sakrament.

Walter

Im Bösenboden kommen wir nur mühsam voran. Wenn der Bär hier oben wäre, hätten wir ihn längst bemerken müssen. Auf einem bemoosten Stein rutsche ich aus und schlage mir das Schienbein wund, lasse mich stumm auf den Hintern fallen und beiße die Zähne zusammen. Blut quillt aus der Wunde und rinnt auf meinen Fußrücken. Vater bleibt stehen und wirft mir einen Blick zu.

»Tölpel«, murrt er und geht weiter.

Mein Blick verschwimmt. Ich rapple mich auf und hinke meinem Vater hinterher. Die dummen Tränen. In der Herbstsonne wird das Blut schnell dick und schwarz. Es schmerzt nicht mehr so, und bald hole ich Vater wieder ein.

Er dreht sich um und schaut über mich hinweg auf den Talkessel hinab, kneift die Augen zusammen, atmet ruhig, als sei er nicht eben erst einen halben Berg hochgestiegen. Ich lasse mich erschöpft auf die Steine fallen. Meine Hände zittern, meine Lippen sind trocken. Die Wundstelle am Schienbein pocht, schmerzt aber nicht. Ich weiß, wieso Vater stehen geblieben ist. Wenn wir von hier aus noch ein paar Schritte weitergehen, können wir unseren Hof nicht mehr sehen. Aber noch ist er zu erkennen, auch wenn es nur ein brauner Punkt auf dem Talboden ist, da, wo mein Ururgroßvater vor hundert oder tausend Jahren eine Lichtung in den Wald geschlagen hat. So zumindest erzählt es Grosi Marie. Ich folge mit meinem Blick dem Bachlauf aufwärts, versuche zu erkennen, wo genau unser Bach anfängt, doch es ist unmöglich festzustellen. Es müssen mehrere kleine Rinnsale sein, die den Firnen entspringen. Mein Bruder treibt sich da unten bestimmt im Stall rum, gräbt sich ins Heu, bis sein brauner Schopf nicht mehr zu sehen ist. Dabei hat ihm Vater aufgetragen, bei den Kühen auszumisten. Nur mein Bruder kann sich erlauben, ihm nicht zu gehorchen. Er ist dafür auch noch nie verprügelt worden.

Aloisa ruht sich nach der ganzen Aufregung bestimmt aus, und Grosi Marie ist vielleicht bei den Hühnern oder sitzt auf der Bank vor dem Haus und sonnt sich in den letzten Strahlen des Herbstes. Manchmal nimmt sie ihr Kopftuch ab und streicht sich mit steifer Hand über den Schopf. Ich glaube, man könnte ihre Haare zählen.

Meine kleine Schwester Lotta liegt in der Krippe und schläft oder wird gerade von meiner Mutter gestillt. Wie gerne wäre ich bei ihr. Es gibt nichts Lustigeres, als wenn mein Schwesterchen an meinem Finger saugt und Schmatzgeräusche macht, dann zu strampeln beginnt und meine Hand wütend wegstößt, weil sie aus meinem Finger keinen Tropfen Milch bekommt. Manchmal lege ich meine Lippen an ihren winzigen Hals und pruste laut, dass sie quietscht und zappelt. Nichts auf dieser Welt ist weicher, als –

»Weiter«, sagt Vater, dreht sich ab und sticht die Bergflanke hoch.

»Hier oben ist der Bär nicht!«, entfährt es mir, doch Vater tut so, als hätte er mich nicht gehört.

Endlich erreichen wir die Breitplanggen. Der Pfad führt

steil in die Wand, die Tritte im Felsen sind nur einen Fuß breit. Wer hat sie in den Stein gehauen? Mein Ururgroßvater womöglich? Die Waldgrenze liegt nun weit unter uns. Man sieht auf die Tannen von oben herab, als segle man wie ein Adler der Felswand entlang. Ich wünschte, ich wäre so ein Adler. Vater geht jetzt langsamer, bleibt manchmal sogar stehen, greift in die Wand, sucht Halt und macht den nächsten Schritt. Ich tue es ihm gleich, Schritt für Schritt für Schritt, mache ihm jeden Handgriff und jeden Tritt auf den Felsvorsprüngen nach.

Der Berg ist erstaunlich warm. Die Herbstsonne ist kräftig hier oben. Unten im Tal ist es kälter, schattiger. Plötzlich starrt Vater vor sich auf den Boden, stampft mit dem Fuß, einmal nur, und nun bemerke auch ich das zusammengeringelte Tier, das ganz nah vor Vater auf einem Felsvorsprung liegt. Es schlängelt geschwind die Felswand hoch zu einer fingerbreiten Spalte, verschwindet so plötzlich, dass ich nicht sicher bin, wirklich eine Kreuzotter gesehen zu haben. Die sind giftig. Schade hat sie ihn nicht gebissen, die Schlange. Dann wären wir nämlich wieder umgekehrt. Aber selbst die Tiere weichen ihm aus, machen einen Bogen um ihn, als fürchten sie sich vor meinem Vater.

Er sagt kein Wort, schaut sich auch nicht nach mir um, geht einfach weiter, als wäre nichts geschehen. Als ich an dem Spalt vorbeikomme, in dem die Kreuzotter verschwunden ist, rast mein Herz, meine Handflächen werden feucht, und doch kann ich den Blick nicht abwenden. Ich habe Angst, dass die Schlange mir plötzlich ins Gesicht schnellt, doch ich bleibe stehen und starre ins Dunkel. Im Spalt ist aber nichts als die Schwärze des Berginnern.

Gessler

Heimat, fremde Heimat. Dieser rötlich schimmernde Berg erinnert mich an den Hochkönig. Wie viele Sommer habe ich als Bub an seinem Fuße verbracht? Wenn ich gewusst hätte, dass es die schönsten Sommer meines Lebens sein würden ... Jetzt bleibt mir nur dieser rote Fels, der kein Hochkönig ist, aber immerhin, ein Fels. Die Firnen, ihre weißen Hörner, und die Gletscher dieser Berggiganten sind doch immer dieselben. Nachts rumpelt es tief in ihrem Innern, gelegentlich schicken sie Schlaglawinen in die Täler. Es sind die nackten Elemente, Wasser und Stein, von Gott dem Allmächtigen erschaffen. Der Mensch ist nichts weiter als eine Heuschrecke. Und doch fühle ich mich seltsam geborgen, als gehöre ich hierhin, obwohl die Luft anders ist, härter, schneidender. In diesen Höhen sind alle Menschen auf ihr Fundamentales reduziert. Hier oben sind wir alle, selbst Könige, nur Gotteskinder. Heuschrecken.

Die tiefstehende Herbstsonne treibt mir die Tränen in die Augen. Ich wische mir flüchtig übers Gesicht. Harras bemerkt es nicht. Kann es nicht sehen. Er ist gut dreißig Schritt hinter mir, knurrend, rutschend, fluchend. Er trägt schwer an seiner Waffe, die ihm mit jedem Schritt an den Oberschenkel patscht. Dieses Schwert, das er »Durst« nennt und nie von sich legt, es bringt ihm hier oben nichts.

Aber Harras von seiner geliebten Waffe zu trennen wäre wie Wasser spalten. Dabei genügt in den Bergen ein kleines Messer, womit man sich die Blasen an den Füßen aufschneiden oder einen Wanderstock schnitzen kann. Ein Schwert ist in Anbetracht der Alpenkolosse geradezu lächerlich. Wer wollte es gegen eine herandonnernde Schneelawine ziehen oder etwa bei Steinschlag schützend über den Kopf halten? Ein Narr ist der und gehört unter Geröll und Schneemassen begraben. Denn Gott allein lässt Steine regnen, lässt Schneeflocken auf die Bergspitzen rieseln, bis sie in die Täler einfallen wie das größte Heer der Welt. Uns Heuschrecken bleibt nur die Gnade Gottes.

Ich bekreuzige mich.

Ist man in den Bergen Gott näher?

Lieber wäre ich allein unterwegs, ohne Harras und seinen »Durst«, weitab der feindseligen Bauernschar. Wenn ihre Blicke töten könnten. Dabei sind sie im Kriegshandwerk so ungeschickt, sie können nicht einmal mit einem Schwert richtig umgehen, würden sich selbst die Gliedmaßen abschlagen. Aber hier oben treiben sich keine Bauern herum. Sie fürchten sich vor diesen Giganten, den Riesen und Eishexen, die in den Felsen hocken. Ängstliche, misstrauische Kreaturen sind sie, die sich zwischen ihren Kühen und Ziegen verkriechen. Hier oben habe ich meine Ruhe.

Harras steht mir in diesem Alpenland am nächsten – und ist zugleich mein größter Feind. Aber ich fürchte mich nur unten im Tal vor ihm, in der Höhe bin ich ihm überlegen. Harras hat eine fast platte Nase und wulstige, knollige Ohren. In jungen Jahren muss er sich oft geprügelt haben. Vielleicht war er ein Preiskämpfer, vielleicht wurde er als

Bub so zugerichtet. Lieber wäre ich ohne ihn. Lieber wäre ich wieder bei Frau und Kind. Doch jetzt steht schon mein zweiter Winter fern der Heimat vor der Tür. Verschwendete Jahre.

Ich muss auf der Hut sein, denn der Weg führt steil nach unten in die Felswand. Immer ist der Abstieg gefährlicher als der Aufstieg, das habe ich schon als Bub an den Flanken des Hochkönigs gelernt. Jetzt gilt höchste Konzentration, denn ein einziger Fehltritt kann ins Verderben führen. Wenn Harras hinter mir scheppernd und brüllend die Felswand hinunterfällt, werde ich mich nicht einmal umdrehen, das nehme ich mir vor.

Mein rechter Fuß rutscht ab, ich klammere mich an der Felswand fest und schaue zurück. Harras ist zum Glück damit beschäftigt, nicht über sein Schwert zu stolpern. Seine O-Beine eignen sich nicht für Bergwanderungen, aber er ist ein guter Reiter. Unsere Pferde warten in St. Jakob. Der Hocherhabene von Emmen, der sich für eine Herbstwanderung zu vornehm dünkt, passt auf sie auf. Zwar ist er in einem dieser Täler geboren und aufgewachsen, aber er gibt sich als Adeliger und versucht, seinen Dialekt zu überspielen und so zu reden wie ich. Dabei hat er noch immer Angst vor diesen Bergen, ganz wie das ansässige Bauernpack. Der Aberglaube klebt ihm wie Dreck an den Kleidern.

Harras

Vermaledeite Kraxelei! Zum Kuckuck mit diesen verzapften Wanderungen! Jetzt ist es offiziell: Hermann Gessler ist ein Schwindkopf, er hat einen Schaden und zwar einen gewaltigen.

Verdammte Felswand. Nicht runtergucken. Reiß dich zusammen. Nie wieder, sag ich! Nie wieder mach ich diesen Unfug mit. Von jetzt an kann er allein hier oben herumsteigen. Meinetwegen soll ihn ein Bär oder ein Rudel Wölfe zerfleischen. Wie gerne würde ich ihn kreischen hören! Denn *das* würde er, kreischen wie ein Mädchen. Ich würde zusehen, wie er zerfleischt würde, und ich würde lachen.

Mit seinem Vorgänger hat man wenigstens seinen Spaß gehabt. Da hat's immer genug zu futtern und prächtig was zu vögeln gegeben. Mann, wie wir gelacht haben! Saxer hat saufen und Geschichten erzählen können wie kein zweiter. Er ist ein ganzer Mann gewesen, nicht so ein Hochgeschissener. Teufel, wie haben wir geplündert! Die Leute haben gewusst, was Sache ist. Ein Aufmüpfen hat genügt, ein krummer Blick von so einem dreckigen Bauern, und schon hat sich Saxer vom Pferd geschwungen, scheinbar gelassen, aber mit teuflischem Grinsen auf der Fratze, und dann hat er seiner »gesetzgeberischen Gewalt« Genüge getan, wie er immer zu sagen pflegte, seiner »guten Christenpflicht«.

Das hat Eindruck gemacht, das hat sich herumgesprochen. Und ich bin sein Vollstrecker gewesen, treu, zuverlässig, sein engster Vertrauter und Leibwächter, ja, fast würd ich sagen, sein Freund.

Es fuchst mich noch heute, dass ich nicht dabei gewesen bin, als er sich den Kopf hat spalten lassen, dieser Deppert. Vielleicht hätte ich es verhindern und den wildgewordenen Bauern überwältigen können. Saxer nimmt sich dessen Tochter, der Vater reißt sich los, und Friesshardt träumt, ist zu blöd, um zu merken, dass man diese verfilzten Bauern nie aus den Augen lassen darf, selbst wenn sie – oder gerade *weil* sie – stumm zu Boden starren. Bis Friesshardt endlich die Gefahr erkennt, liegt der Landvogt schon mit eingeschlagenem Schädel auf dem Mädchen und macht seine letzten Zuckungen.

Saxer hat mein wahres Potential erkannt. Ich hätte das Zeug zum Anführer, Hurensohn hin oder her. Er werde dafür sorgen, dass ich in die Ränge aufgenommen werde, sobald wir uns die Wilden untertan gemacht hätten. Teufel, das hätte mir gefallen.

Doch dann schickt der König so ein Bübchen, um Saxer zu ersetzen. Es ist und bleibt mir ein Rätsel, wie Gessler zu dieser Position gekommen ist. Wegen seinem Vater? Den würd ich ja gern mal kennenlernen, mit dem könnte man sich wenigstens unterhalten. Er soll König Rudolf höchstpersönlich vom Schlachtfeld gezerrt haben, als dieser zu Dürnkrut vom Ross fällt, wie ein Käfer auf dem Rücken liegt und sich in seiner schweren Rüstung kaum noch rühren kann. Nicht zu glauben, dass Hermann Gessler der Sohn eines Helden sein soll, dieser Hasenfuß, dieser Leisetreter und Dünnscheißer! Dass ich nicht lache! Womöglich hat der Vater gesagt: »Komm erst zurück, wenn du ein Mann bist, oder komm gar nicht!« Ha! So war's bestimmt. So will ich's mir vorstellen! Dumm nur, dass ich dafür sorgen muss, dass er's überleben wird.

Wieso eigentlich? Wieso kümmert's mich überhaupt? Wieso lass ich ihn nicht allein in den Bergen herumkraxeln? Oder soll ich ihn schubsen? Da vorne, da, über die Felskante. Jetzt gleich, heute. Dann wär's erledigt. Landvögte sind ganz einfach zu ersetzen. Gessler ist schließlich schon mein dritter. Mein Bauch sagt mir, dass er nicht mein letzter sein wird. Und doch: Ein Sturz vom Berg wäre zu gnädig für diesen Jammerlappen. Er soll den Tod kommen sehen. Am besten in der Gestalt eines stinkenden Bauern. Diesmal will ich dabei sein, wenn sich der Landvogt den Schädel spalten lässt.

Gessler

Da ist jemand. Weiter unten in der Felswand. Jemand kommt uns entgegen. Ein Mönch vielleicht, ein Gaukler auf der Flucht vor dem Winter. Will wohl über die Berge in den Süden klettern. Könnte ein Schmuggler oder ein Jäger sein. Er hat einen buschigen, schwarzglänzenden Bart, trägt keine Kopfbedeckung, es wird ein Einheimischer sein. Flink und behende klettert er, scheint jünger zu sein als er aussieht. Sowieso sind die Alpenbewohner schwer einzuschätzen. Selbst die Kinder sehen wie kleine Erwachsene aus. Er muss mich ebenfalls wahrgenommen haben, ich verstecke mich schließlich nicht, doch er steigt unverdrossen weiter. Hinter ihm klettert ein Junge, leichtfüßig und genauso flink. *Sein* Junge, das sieht man. Der Mann trägt eine Armbrust auf dem Rücken. Jäger. Ich drehe mich zu Harras um. Er klammert sich mit beiden Händen am Felsen fest, hat noch nicht bemerkt, dass wir Gesellschaft bekommen haben. Neben uns fällt die Wand steil ab. Der Pfad ist grob in den Stein geschlagen, zwei Leute kommen kaum aneinander vorbei. Ich schaue mich nach einer Stelle um, wo es sich kreuzen ließe, da steht der Bärtige plötzlich vor mir, zum Anfassen nah, und schaut auf meine Brust. Sagt kein Wort, starrt nur.

»Aufgepasst, Herr!«, ruft jetzt Harras.

Er hat den Mann endlich auch gesehen. Sein Ruf soll mich warnen und beleidigt mich doch nur. Harras wartet nur darauf, dass ich Schwäche zeige, damit er es dann herumerzählen kann. Dieser Plärrkopf. Wie kürzlich, als ich unter Verdauungsbeschwerden litt und mich plötzlich alle angrinsten.

»Mach Platz, Bauer!«, befiehlt Harras, doch der Bauer nimmt ihn gar nicht wahr, schaut nur durch mich hindurch, als sei er tief in Gedanken versunken, als warte er darauf, dass ich mich in Luft auflöse. Oder bewundert er die Stickereien in meinem Gewand?

»Wohin willst du?«, frage ich.

Der Bauer hebt den Arm und zeigt mit dem Finger an meinem Kopf vorbei, kommt meinem Gesicht unangenehm nahe. Ich weiche zurück und ärgere mich über meine Schreckhaftigkeit. Harras hätte in meiner Situation nicht mit der Wimper gezuckt. Die Hand des Bauern ist sehnig, braun gebrannt, abgeschuftet. Fast kann ich die Arbeit riechen. Seine Augen drohen in den tiefen Augenhöhlen zu versinken. Vielleicht ist gerade deshalb ein seltsames Leuchten in ihnen auszumachen.

»Aufwärts«, gibt er zur Antwort.

»Die Jagd auf Wild ist den Bürgern von Uri verboten«, sage ich sachlich.

»Hm«, brummt der Bauer.

»Mach Platz, du Tölpel!« Harras donnert. Er versucht, so schnell er kann aufzuholen. »Weißt du denn nicht, wer dir gegenübersteht?«

Ich hebe schlichtend die Hand. Der Mann dreht sich zu seinem Sohn um.

»Lass die Herren durch, Walter«, murmelt er.

Sein Sohn macht sich dünn, klebt beinahe an der Felswand, schaut dabei ängstlich in die Ritzen im Stein. Der Vater macht es ihm gleich. Zwischen seinen Füßen ist Platz für meinen.

»Gottes Dank«, sage ich, trete vorsichtig auf die freie Stelle und halte mich an der Schulter des Bauern fest. Seine Kleidung ist fettig und stinkt nach Kuhmist. Ich halte die Luft an und sorge mich um mein Gewand. Ich hasse den Gestank, lasse die Schulter des Bauern los und schnappe nach Luft, nicke seinem Sohn zu, der mich anstarrt, als sehe er ein Gespenst. Das Manöver gelingt. Aber meine Hände riechen nach Kuhmist. Bis zum nächsten Bach werde ich damit leben müssen. Die zwei Einheimischen, Vater und Sohn, stehen jetzt zwischen mir und Harras. Der ist wütend, verwirft die Hände, so gut er in dieser Situation eben kann.

»Die beiden haben hier oben nichts verloren! Sie sollen umkehren!«, befiehlt er. Er ist kurz davor, die Beherrschung zu verlieren. Ich fühle mich überlegen.

»Hier oben entscheidet Gott, wer auf den Pfaden zugelassen ist und wer nicht!«, gebe ich zurück.

»Für solche Rede würde Sie der König in den Spielberg werfen!« Harras dampft. Jetzt ist er beim Jäger angekommen. »Und dich auch!«

Der Jäger schaut ihn kurz an, wütend, hart, aber auch besorgt und verwirrt. Es ist diese Härte der Bauern, diese stechenden Augen, die einem das Blut in den Adern gefrieren lassen.

»Richte deinen Blick gefälligst zu Boden, wenn dir ein

Königsvertreter gegenübersteht!«, brüllt ihn Harras aus voller Kehle an, doch der Jäger zeigt nicht die geringste Regung, schaut aber weg. Der Junge hingegen beginnt am ganzen Leib zu zittern.

»Harras! Konzentrieren Sie sich! Auf flachem Boden stampft es sich besser!«

Harras verstummt und klettert vorsichtig am Jäger vorbei, hält ihn mit beiden Händen fest, würde ihn mit sich in den Tod reißen, wenn das Gleichgewicht abhandenkäme. Den wimmernden Jungen packt er gar am Schopf, lässt ihn erst wieder los, als er sich an ihm vorbeigezwängt hat.

»Das wird ein Nachspiel haben, Gessler!«, droht mir Harras außer sich vor Wut.

Der Mann ist von der Höhenangst geplagt und steht neben sich. Ich will ihm verzeihen. Doch es wäre mir lieber gewesen, er hätte meinen Namen nicht erwähnt.

Walter

Diese Kleider! Was sind das nur für Farben? Nicht blau, nicht grün, aber so, wie der See manchmal ist. Nicht rot, nicht gelb, aber so, wie der Abendhimmel manchmal glüht. Habsburger. Adelige! Der Vordere hat lange blonde Haare. Sie leuchten richtig. Ob man diese Haare überhaupt spürt, wenn man sie anfasst? Der hinter ihm macht mir Angst. Er trägt ein Schwert, das ihm schwer an der Seite baumelt. Wenn es an den Felsen schlägt, klingt es wie das Bimmeln einer Geißglocke. Es muss ihm bloß einmal zwischen die Beine geraten, dann stolpert er, und es ist Schluss mit ihm.

Der Blonde klettert geschickt und sehr vorsichtig an Vater vorbei, nickt mir freundlich zu und mustert mich gar. Ich starre ihn an, obwohl das sicher verboten ist. Aber ich kann nicht anders. Seine Hände und sein Körper sind so zart, als wäre er eine junge Frau. Dann klettert er an mir vorbei, berührt mich dabei kaum, seine Haare streifen mich flüchtig. Er duftet wie Weihrauch. Und schon ist es vorbei.

Doch jetzt verliert sein Gefolgsmann hinter ihm fluchend die Beherrschung. Er stinkt nach Schweiß und Wein. Als er vor mir steht, packt er mich an den Haaren, dass ich fast den Halt verliere, doch dann lässt er los und eilt seinem Herrn hinterher. Er ruft ihn »Gessler« – diesen Namen habe ich schon mal gehört! Er ist der Landvogt!

Vater kümmert das nicht. Er schaut in die Felsen, wischt sich den Schweiß aus den Augen und murrt:

»Weiter!«

Gessler

Vater und Sohn. Ich muss unwillkürlich an meine Frau Theresa und meine Tochter Julia denken. Ich fasse an meine Brusttasche, vergewissere mich, dass das Bündel Briefe noch immer darin steckt und während der Kletterei nicht etwa herausgefallen ist. Wenn ich sterbe, will ich diese Briefe bei mir haben. Ich habe sie so oft gelesen, dass ich sie fast auswendig kann.

Mein liebster Hermann

Ich muss dir einfach wieder schreiben, obwohl es nicht viel zu erzählen gibt. Ich frage mich tagein, tagaus, wie es dir geht. Ich sorge mich so sehr. Gestern habe ich beim Spaziergang Soldaten gesehen, die von den Kumanen zurückgekehrt sind. Sie hatten wüste Verletzungen, waren bandagiert, und es fehlten ihnen Gliedmaßen, manche gingen mit Krücken, sie waren mager und völlig ausgezehrt, doch man gab ihnen genug Wein, um sie bald so betrunken zu machen, dass man sogar die Amputierten in die Mur werfen musste. Ein trauriger Anblick. Nicht auszudenken, was mir hätte zustoßen können, wenn uns dein Vater auf dem Spaziergang nicht begleitet hätte. Mir schien, als sei ihnen alles Menschliche abhandengekommen. Arme Kerle.

Ich bete, dass derselbe Hermann zurückkehren wird, der mich beim Abschied so lange an sich gedrückt und sogar Tränen vergossen hat. Du hast dich dafür geschämt, für deine Tränen. Aber mich haben sie getröstet.

Um uns brauchst du dir keine Sorgen zu machen. Gestern fiel der erste Schnee – viel zu früh, und darum bin ich nicht überrascht, dass er schon heute Morgen nicht mehr da war. Ich wollte ihn jedoch deiner Tochter zeigen, es war schließlich ihr erster Schnee, aber sie hatte gar keine Freude an dem weißen Pulver, und als ihr einige Schneeflocken aufs Gesicht fielen, fing sie an zu weinen, weshalb ich sie sofort wieder in die warme Stube brachte. Deine Tochter weiß, was sie will – und was sie <u>nicht</u> will. Sie hat einen eigenen Willen, ist damit geboren. Ist das nicht wundervoll?

Ich bleibe stehen und schaue zurück, warte, bis Harras aufholt, damit wir uns nicht aus den Augen verlieren. Er ist älter als ich, aber stämmig und bärenstark. Seit einigen Jahren ist er hier, hat aber noch beide Beine und beide Arme, ein unverwüstlicher Kerl. Ob er Kinder hat? Ob er es überhaupt wüsste?

Plötzlich verspüre ich Mitleid mit ihm. Dieser Grobian hat in seinem Leben wahrscheinlich noch nie Liebe erfahren – und wird es auch nicht. Der Teufel wird ihn holen.

Walter

Vater späht die Bergflanken ab, und ich lasse mich keuchend auf einen Stein fallen, kratze mir das getrocknete Blut vom Schienbein. Der Berg wirft seinen enormen Schatten auf uns, die Luft ist schneidend. Ein Murmeltier schlägt Alarm. Sein Pfiff echot in den Felsen. Es ist unheimlich hier oben, kalt, ohne Bäume, man sieht unendlich weit und erkennt doch nichts. Ganz unten überm See ist Nebel. So weich und flauschig sieht er aus, dass man sich hineinlegen möchte. Aber ich weiß, dass er kalt und nass ist.

Vater starrt mich gedankenverloren an. Er bemerkt nicht, dass ich zurückstarre, und so schauen wir uns eine Weile an.

Manchmal habe ich Angst vor ihm.

»Wie weit rauf müssen wir denn noch?«, frage ich mit weinerlicher Stimme und schäme mich sofort.

Vater schaut weg und blickt zum Grat hoch, gibt aber keine Antwort. Ich kann die Tränen kaum noch zurückhalten, da bemerke ich Kot zwischen den Steinen, genau neben mir. Gämsen. Die Kotkügelchen sind frisch.

Hedwig

Ich mache mir Sorgen. Hoffentlich hat sich der Bär längst davongemacht oder in seiner Höhle verkrochen. Die Berge sind gefährlich. Das weiß Wilhelm am besten, hat schließlich seinen Bruder da oben verloren. Sucht er etwa noch immer nach ihm im Geröll? Ich will gar nicht daran denken, habe für mein Leben genug geweint. Was hofft er denn zu finden, nach all diesen Jahren? Ich schaue Lotta zu, die auf dem Boden sitzt und sich nach den Knochenstücken reckt, die ihr Großvater seinerzeit in kleine Kühe und Schafe verwandelt hat, steckt sie sich in den Mund und gibt lustige Laute und Jauchzer von sich. Die Großmütter sitzen in der Herbstsonne und schwatzen. Es tut Aloisa gut, auch wenn sie es nicht zugeben würde und später über Schmerzen klagen wird, weil sie zu lange auf dem Hintern gehockt hat. Vielleicht hat ihr die Aufregung heute Morgen sogar gutgetan. Bald kommen sie ins Haus, Aloisa voran, Grosi Marie gebückt hinterher, bestimmt sind sie hungrig.

»Nicht mehr lange«, sagt Mutter beim Hereinkommen. »Bald bleibt die Sonne ganz hinter den Bergen.«

»Sind die Buben noch immer nicht zurück?« Grosi Marie schaut sich in der dunklen Stube um.

»Nein, noch nicht«, sage ich und presse die Lippen zusammen.

»Der Bär ist doch längst über alle Berge!«, poltert Mutter. Für einmal teile ich ihre Meinung. »Hauptsache, er hat einen Grund, da oben rumzuklettern!« Sie schaut Grosi Marie vorwurfsvoll an, als wäre es ihre Schuld, dass ihr Sohn die Hofarbeit vernachlässigt.

Ihr Sohn, der nun mein Mann ist. Der immerzu eine Gewitterwolke über sich trägt. Irgendwann werde ich Grosi Marie fragen, was es damit auf sich hat. Die Stube verdunkelt sich, wenn Wilhelm sich nach einem langen Arbeitstag an den Tisch setzt und den Haferbrei löffelt. Mit uns isst er fast nie, bleibt lieber für sich. Es fällt mir schwer, eine Ähnlichkeit zwischen ihm und seinem Bruder festzustellen. Der ist von großer, kräftiger Statur gewesen, und doch feinfühlig. Er hat sich aufrecht gehalten, hat erzählt, hat gelacht, ist nie gerne alleine gewesen. Er hat sich mit mir über alle möglichen Dinge unterhalten, hat sich interessiert. Er hat mich wahrgenommen, und er hat mich geliebt.

Aber er lebt nicht mehr, und darum bringt es nichts, an ihn zu denken. Nun muss ich mit seinem Bruder leben. Wilhelm schaut mich nur dann an, wenn er glaubt, dass ich es nicht bemerke.

»Selbst wenn er den Bären aufspüren würde! Wie sollte er ihn dann herunterschaffen?«, schimpft Aloisa weiter. »Dass er mit dem armen Buben durch die Felsen klettern muss! Nein, wirklich. Es ist gefährlich, es ist verboten, und es ist unchristlich!«

»Was weißt *du* denn schon von Christlichkeit«, murmelt Grosi Marie und setzt sich ächzend auf einen Stuhl.

»Ich bin mit dem da oben im Reinen«, wehrt sich Aloisa. Grosi Marie wiegt den Kopf hin und her.

»Schon Wilhelms Vater und dessen Vater zuvor haben den lieben Gott in den Felsen und in den Wäldern zu finden versucht. Wer weiß denn schon, wo man Gott am nächsten ist. In der Kirche oder da oben, wo der Himmel anfängt?«

»Da oben tanzen die Eishexen!«

»So, so!«, sage ich und verberge mein Grinsen. »Wollt ihr denn Lotta Angst machen?«

Just in dem Moment kommt Willi ins Haus gelaufen und verkündet, dass er seinen Vater und seinen Bruder aus den Tannen habe kommen sehen. Ein Stein fällt mir vom Herzen. Ich schaue durch die offene Luke, sehe die Gestalten herannahen. Wilhelm, der ein totes Tier auf den Schultern trägt; Walter, der sich mit hängendem Kopf und beladen mit der Armbrust hinter seinem Vater herschleppt.

Walter

Ich kann nicht mehr. Meine Beine fühlen sich wie dünne Zweige an. Ich reiße mir die Armbrust vom Rücken, werfe sie achtlos zu Boden und betrachte sie. Ich hasse sie. Vater bleibt stumm, tut so, als hätte er es nicht bemerkt. Ich schleppe mich zum Brunnen und tauche meine Füße ins eiskalte Wasser. Die Wunden brennen, ich presse die Lippen zusammen. Verdammte Tränen. Jetzt nicht weinen. Nicht vor ihm. Doch ich kann gar nichts dagegen tun, und das macht mich nur noch wütender. Ich wische mir über die Augen, schwinge mich vom Brunnenrand, humple mit nassen Füßen zum Stall und zerre die Axt aus dem Hackklotz.

Vater hat die Gämse schon an den Hinterbeinen an der Stallwand aufgehängt und ihr den Kopf abgesäbelt. Der Kopf liegt mit abgeschnittener Zunge auf der Wiese, das Blut in den Nüstern ist trocken. Ich nähere mich Vater von hinten, schaue mir dabei zu und weiß gar nicht, was ich eigentlich will. Wie es in meinem Kopf rauscht. Wie ein Bach. Ich umklammere die Axt mit beiden Händen. Sie ist leicht und geschmeidig, der Schaft schmiegt sich in meine Hand, als sei er für mich geschnitzt worden. Kürzlich, als ich Holz schlagen musste, bis meine Hände bluteten, kam mir die Axt viel schwerer vor. Vater schenkt mir keine Beachtung.

Manchmal frage ich mich, ob es mich überhaupt gibt. Ob er sich wünscht, dass es mich nicht gäbe?

Da vorne in der Wiese liegt sie noch immer, seine geliebte Armbrust. Ich gehe auf sie zu und schwinge die Axt durch die Luft, dresche auf sie ein, wieder und wieder, bis die Holzspäne durch die Luft schwirren wie Schmetterlinge.

Hedwig

Ich zerre den tobenden Wilhelm vom geschundenen Körper meines Buben. Es kostet mich alle Kraft. Als ich in Walters angstverzerrtes Gesicht blicke, zerbricht etwas in mir. Er blutet aus der Nase und hat eine Wunde unterm rechten Auge, blutet auch da. Sein Gesicht ist rotzverschmiert, er wimmert. Auch Wilhelm starrt ihn jetzt verzweifelt an und macht ein Gesicht, als sei er aus einem Alptraum aufgewacht. Ich helfe Walter auf die Beine und flüchte mich mit ihm Richtung Haus. Grosi Marie kommt uns entgegen, geht schnurstracks auf Wilhelm zu und lässt Schelte auf ihn regnen. Der rappelt sich vom Boden auf und macht sich wieder an der Gämse zu schaffen, reißt ihr die Haut vom Leib und tut so, als nehme er seine Mutter gar nicht wahr. Dabei zittert er am ganzen Körper.

»Hol den Wasserkrug!«, sage ich zu Willi, der verwirrt und mit weitaufgerissenen Augen in der Küche steht. Ich will ihn beschäftigen, habe keine Zeit, ihn zu trösten.

»Was ist denn jetzt wieder passiert?« Meine Mutter kommt mühsam auf die Beine. Sie muss sich eben erst zu Lotta hingesetzt haben. »Hat sich Walter verletzt?«

»Wilhelm«, sage ich nur, denn ich bringe kein weiteres Wort raus.

Meine Mutter versteht. Sie murmelt ein paar Verwünschungen, schüttelt den Kopf, blickt zur Tür und wieder zu Walter, der weinend und mit hängenden Armen in der Küche steht. Blut und Speichel tropfen ihm in Fäden von den Lippen. Sein Gesicht ist so heiß, dass ich die Wärme bis tief in mein Inneres spüre. Aber ich stehe nur da und starre ihn an. Ich kann ihn nicht anfassen, kann dieses blutende Bündel nicht einmal in die Arme schließen. Willi schleppt den vollen Krug zu mir, verschüttet dabei ein wenig Wasser, doch ich stehe nur hilflos da, traue mich nicht einmal, ihm den Krug abzunehmen. Dazu fehlt mir die Kraft. Der Krug würde zu Boden fallen und zerbrechen.

Meine Mutter stößt mich beiseite.

»Lass mich machen!«, faucht sie, greift nach einem Lappen und beginnt Walter das Gesicht zu waschen.

Ich lasse mich auf einen Stuhl fallen und lege meine Hände auf den Tisch. Ich kann ihn jetzt nicht ansehen, Walter, meinen Erstgeborenen, der mir mehr bedeutet als alles in der Welt. Also betrachte ich meine Handrücken, wundere mich über die blauen und grünen Linien, die wie die Wurzeln einer Tanne auf steinigem Boden aussehen oder wie die Bäche am Hang während der Schneeschmelze. Diese Linien werden mit jedem Jahr deutlicher, und es werden mehr, doch ich glaube, sie sind schon immer da gewesen.

»Was ist denn wieder in ihn gefahren?«, fragt meine Mutter, doch Walter wimmert nur Unverständliches, schaut auf seine Füße, schämt sich, und ich schäme mich mit ihm.

Von draußen ist Streit zu hören. Auch Wilhelm wird laut, und ich mache mir meinen Reim aus den Wortfetzen.

»Stimmt es?«, frage ich Walter erschüttert. Der weint und weint. »Hast du die Armbrust kaputtgemacht?«

Walter schaut mich an, als wäre er wieder der kleine Bub, der er vor kurzem noch gewesen ist. Plötzlich finde ich wieder zu mir, mein Herz beginnt zu pochen, und ich breite die Arme aus, drücke Walter an mich und ersticke sein Schluchzen an meiner Brust.

Grosi Marie

Mein Leben lang bin ich eine brave Frau gewesen, der Herrgott ist mein Zeuge. Wohl darum unterstellt er mich immer wieder seinen Prüfungen, denn er ist sich gewiss, dass nur *ich* sie bestehen kann. Ich beklage mich nicht, Gott, nein. Ich stehe krumm und geknickt wie eine vom Blitz getroffene Wettertanne, doch ich stehe. Ich löffle artig meinen Haferbrei, obwohl ich nur noch drei Zähne im Maul habe. Ich zweifle nicht an seiner Größe. Meistens. Auch ich habe meine schwachen Momente.

Dass er meine einzige Tochter wieder zu sich geholt hat, noch bevor ihr erster Winter vorbei gewesen ist, kann ich nur schwer akzeptieren, aber es wird seine Begründung haben. Der liebe Gott braucht schließlich auch seine kleinen Helfer. Aber dass er Peter genommen hat, meinen geliebten Sohn, mitten aus dem Leben, kann ich ihm nur schwer verzeihen. Seit Peter nicht mehr aus den Bergen zurückgekehrt ist, frage ich mich manchmal, ob an unserer Familie ein fürchterlicher Fluch hängt. Oder trägt Wilhelm eine Sündenlast auf den Schultern? Was nährt die Wut in ihm?

Ich stehe hinter ihm und sage ihm alle Schande, leere mich vollkommen aus, komme mir aber dabei wie ein altes Weib vor, das ich ja bin. Wie bin ich nur so schnell alt geworden? Wilhelm gibt zurück, brüllt, dass der Junge seine

Armbrust kaputtgemacht hat. Jesusmaria! Jetzt hat sich die blinde Wut, die in Wilhelm steckt, auf Walter übertragen! Ich kämpfe mit lautem Gekeife gegen die aufsteigende Verzweiflung, flehe Gott, den Allmächtigen, alle seine Apostel, die heilige Maria Mutter Gottes und sogar den heiligen St. Theodul an, denn was bleibt mir denn anderes übrig, als zu plärren?

Nun ja. Feuer in der Räucherkammer machen, bevor das Fleisch verdirbt.

Aloisa

Marie kann einem mit ihrer Frömmigkeit auf den Geist gehen. Aber von irgendwoher muss sie die Zuversicht ja nehmen, in ihrem Fall von ganz oben. Und doch bin ich gern in ihrer Nähe, und mit ihr das Bett zu teilen stört mich nicht im Geringsten. Sie schnarcht nicht so laut wie Albert seinerzeit. Und ihr Sohn Peter, den man erst einmal zustande bringen muss, ist schließlich ein Prachtjunge gewesen. Hedwig ist so glücklich mit ihm gewesen, dass es mich angesteckt hat. Auch ich habe diesen aufrichtigen, anständigen, stets gutgelaunten Mann gerngehabt. Wäre er noch hier, hätten wir diese Probleme nicht, ganz sicher. Seit dem Tag, an dem er in den Bergen verschollen ist, klebt das Pech an uns wie Kuhdreck zwischen den Zehen. Hedwig leidet. Es geht ihr nicht gut. Ich mache mir Sorgen um sie.

Dass mit Wilhelm etwas nicht in Ordnung ist, ist mir leider zu spät bewusst geworden. An dem Kerl hängt das Unheil. Vielleicht hätte ich mit Hedwig fortgehen sollen, als Peter gestorben ist, hätte sie von diesem abgelegenen Hof wieder wegbringen sollen. Aber wohin denn? Wer hätte uns aufnehmen wollen – eine schwangere Frau mit ihrer schmerzgeplagten Mutter? Nein, es ist uns nichts anderes übriggeblieben, als bei den Tellen zu bleiben und so zu tun, als wäre es unsere Pflicht. Vielleicht hat Marie recht.

Der liebe Gott wird uns für unsere Strapazen reichlich belohnen. Irgendwann.

Und wer es glaubt, wird selig.

Grosi Marie

Es bleibt mir nichts anderes übrig, als mit Wilhelm den Stall zu machen, denn Walter fürchtet sich vor seinem Vater. Aber wir sind spät dran. Draußen nachtet es schon. Wenigstens hält Karla still. Vielleicht spürt die Kuh, dass heute Abend mit Wilhelm nicht zu spaßen ist. Wir hätten sie schon längst abtun sollen, dieses Zappelbiest. Sie gebärt uns nur tote Kälber, die schlapp und reglos in die Welt flutschen, leblos am Boden liegen, obwohl alles an ihnen dran ist. Immerhin hat das letzte Kalb noch eine kleine Weile gelebt, hat völlig erschöpft am Boden gelegen, die Zunge aus dem Maul hängen lassen und zur Stalltür geschaut, wo das letzte Abendlicht rötlich geschimmert hat. Karla ist ganz aufgeregt gewesen, hat unterdrückt gemuht und ihr Kälblein von oben bis unten abgeleckt. Ein Stierkalb zwar, aber immerhin. Ich habe die Buben beauftragt, das Kalb mit Heu trockenzureiben und dann gut damit zuzudecken. Walter und Willi haben es mit solchem Eifer abgerieben, als gälte es, Feuer zu entfachen. Doch es hat sich geweigert, die Milch der Mutter zu trinken, und schon am nächsten Morgen ist es tot gewesen. Willi hat bitter geweint, und Karla ist ganz verrückt geworden, als Wilhelm ihr Kalb aus dem Stall geschleift und draußen an der Stallwand aufgehängt hat. Dass ich an jenem Abend gekochte Beinscheiben und

Zunge aufgetischt habe, ist für die Buben ein schwacher Trost gewesen.

»Ich kann das jetzt alleine«, brummt Wilhelm unter der Kuh hervor, also lasse ich ihn im Stall zurück, wasche mich am Brunnen und esse mit den andern zu Abend.

Wie schnell es dunkel wird. Der Winter steht vor der Tür.

Als wir uns schlafen legen, ist Wilhelm noch immer nicht aus dem Stall gekommen.

Hedwig

Er schleicht sich ins Haus wie ein Dieb. Als gehöre er gar nicht zu uns. Er wechselt mit Grosi Marie ein paar Worte, die also noch immer wach liegt, dann kommt er ins Zimmer, zieht sich aus und legt sich zu mir ins Bett. Sein Körper brennt, doch seine Haut ist kalt und feucht vom Brunnenwasser. Ich wende mich von ihm ab, rutsche ganz an den Bettrand, will ihn nicht berühren. Ich wünschte, er läge nicht bei mir. Dabei habe ich mich an ihn gewöhnt. Man gewöhnt sich an alles, wie ich festgestellt habe.

Als man mir die Nachricht überbracht hat, dass Peter an den Halden der Rimistöcke verschollen sei, habe ich mich ins Bett gelegt. Geweint habe ich nicht. Ich bin plötzlich todmüde gewesen, habe geglaubt, nie wieder die Kraft zu haben, auf meinen Füßen zu stehen. Unvorstellbar, dieses Bett mit einem anderen Mann zu teilen. Einem anderen als Peter. Noch einmal neu zu beginnen.

Der Appetit am Leben ist mir vergangen, und darum habe ich weder essen noch trinken wollen. Aber meine Mutter hat eine Vermutung gehabt, hat an meinem Bauch herumgedrückt und mich schließlich lange angesehen.

Dann erst habe ich geweint, aber es sind weder Tränen der Trauer gewesen, die ich für meinen geliebten Peter vergossen habe, noch Glückstränen darüber, wenigstens ein klein wenig von ihm in mir zu tragen. Ich bin wütend gewesen, dieses Leben weiterhin leben zu müssen. Aber es hat keinen Ausweg gegeben. Also bin ich aus dem Bett geklettert, also habe ich wieder gegessen.

Wilhelm ist vor Peters Verschwinden nur selten auf dem Hof gewesen. Meistens hat er sich in den Felsen oder in den Wäldern rumgetrieben. Der Hof, die Kühe, die Rindviecher, die Hühner und die Ziegen und die Schweine, die wir damals noch gehabt haben, sind Peters Aufgabe gewesen. Vielleicht hat er auch nur in meiner Nähe sein wollen und darum das Bauernleben schätzen gelernt.

Aber manchmal hat er sich überreden lassen und Wilhelm auf die Jagd begleitet. Ich frage mich noch heute, welcher Teufel Wilhelm an jenem Tag bis in die Felsen geritten hat, wo doch der Winter schon hereingebrochen war. Wieso ist Peter mit ihm da hochgekraxelt? Wieso muss einer sterben, während ein anderer am Leben bleibt? Dass Wilhelm die Kälte ausgehalten hat, sich mitten in der Nacht sogar bis zur Gossalp hat schleppen können, gleicht einem Wunder. Kaum bei Kräften, hat er sich wieder davongemacht, hat da oben in den Felsen nach seinem Bruder gesucht, gesucht und gesucht, bis ihm Grosi Marie eines Morgens die Mistgabel in die Hand gedrückt hat. Auch ich habe mich aufgerafft und wieder angepackt, als wäre nichts geschehen, als wäre ich nie mit Peter gewesen. Als wäre ich nicht zum ersten Mal in meinem Leben schwanger gewesen.

Von da an ist Wilhelm auf dem Hof geblieben. Stillschweigend hat er die Aufgaben seines Bruders übernommen, ist in dessen viel zu große Fußstapfen getreten. Schließlich ist ihm gar nichts anderes übriggeblieben. Auf die Jagd ist er nur noch selten gegangen. Und darum hat es mich kaum überrascht, als er sich bald darauf zu mir ins Bett gelegt hat. Ohne etwas zu sagen und auch ohne mich zu berühren. Ganz klein hat er sich gemacht. Ich habe es zugelassen, doch während dieser ersten Nacht kein Auge zugemacht.

Meine Mutter hat mir am nächsten Morgen einen unmissverständlichen Blick zugeworfen: Lass es zu! Und darum habe ich es zugelassen, schließlich haben wir ein Daheim gebraucht, schließlich hat mein Kind einen Vater gebraucht. Vater Taufer hat uns schleunigst vermählt, obwohl sich mein Bauch kaum noch hat verbergen lassen. Am Tag unserer Hochzeit haben keine Glocken geläutet, und den stechenden Blick der Pfrundsfrau werde ich nie vergessen. Als ich bald darauf Walter geboren habe, sind auch die Leute im Dorf gewillt gewesen, über meine verdächtig kurze Schwangerschaft hinwegzusehen. Eigentlich hat es mich verwundert, dass niemand Einspruch erhoben hat.

Jetzt liegt er neben mir und ist auch schon eingeschlafen, schließlich hat er einem Bären bis fast nach Italien nachgejagt.

Oder ist es ihm gar nicht um den Bären gegangen?

Vielleicht hat er nur einen Grund gebraucht, um in die Felsen zu klettern, dahin, wo er seinen Bruder verloren hat.

Vielleicht sucht er ihn noch immer.

Kapitel 2

»Die Heidelbeerstauden gedeihen am
besten zwischen den großen Tannen,
wo sonst nicht viel wächst.«

Häsi

Mein mit Eisenplatten bestücktes Wams glüht, der Helm liegt neben mir auf der Wiese. Am liebsten würde ich mir alles vom Leib reißen. Vor mir liegt der See, grün und tief. Auf dem Boden dieses Sees möchte ich jetzt liegen, wo es kühl ist, und dunkel, und einsam. Plötzlich taucht Raab neben mir auf und verpasst meinem Helm einen heftigen Tritt.

»Lauf, junger Hengst, lauf!«, ruft er. »Du bist jetzt ein Mann!«

Ich rapple mich auf, laufe meinem Helm hinterher, bevor er die ganze steile Wiese hinunterrollt. Raab lacht und andere auch, und ich möchte weinen, kann die Tränen fast nicht mehr zurückhalten, stolpere und falle hin. Das Wams rutscht mir dabei bis über die Nase, die Eisenplatten scheppern. Raab jauchzt und ruft mir etwas zu, aber ich verstehe ihn nicht. Ich schaue nur dem Helm hinterher, wie er bergab kullert. Soll er doch bis in den See rollen! Ein Grashöcker stoppt ihn, und ich lege erleichtert den Kopf auf die Wiese.

Jemand klatscht. Ein anderer pfeift. Ich bin froh, von den anderen weg zu sein. Sie lungern vor der Vorratskammer herum, die halb im Boden eingebuddelt und von einer hüfthohen Mauer umgeben ist. Sie warten, schlagen die Zeit tot.

Eine Flasche macht die Runde. Der Bauer liegt gefesselt und bewusstlos in den Brennnesseln. Ich vermute, dass ihm Harras mit seinem Knüppel den Schädel zertrümmert hat, so, wie er zugeschlagen hat. Die Bäuerin ist auf den Knien und würde vornüberfallen, wenn sie Friesshardt nicht am Haarschopf festhielte. Ich wende den Blick ab, starre ins Gras.

Ich kann ihn noch immer riechen, den plattgedrückten weichen Erdboden der Kammer, der jetzt an meinen Knien klebt. Der Gedanke an geräucherte Wurst und feuchte Erde dreht mir den Magen um. Plötzlich gibt es einen Tumult. Der Bäuerin ist es gelungen, sich loszureißen, und nun verschwindet sie im Dunkel der Kammer. Friesshardt verwirft die Hände, bleibt aber stehen. Jetzt sind Schreie zu hören.

»Trudi! Trudi!«

Die Bäuerin ist hysterisch. Ich will nicht hinhören, will den Namen ihrer Tochter nicht wissen und halte mir die Ohren zu. Doch ich kann den Blick nicht abwenden. Die Mutter kommt aus der Vorratskammer gestürmt und zerrt ihre Tochter mit. Trudi. Sie hat lange schwarze Haare, kleine, spitze Brüste und einen dunklen Busch. Sie ist noch immer nackt, ihre Oberschenkel sind blutverschmiert. Ihr Blick ist leer, ihre Bewegungen kraftlos und fahrig, als wäre sie betrunken. Ihre Mutter zerrt sie am Oberarm von den Soldaten weg, die lachend nach ihr greifen. Die Bäuerin schreit noch immer, weint, keift und schlägt mit der freien Hand um sich. Die Soldaten amüsiert's. Die Tochter verzieht den Mund, als schäme sie sich wegen ihrer Mutter, als täten ihr die Schreie in den Ohren weh. Genau wie mir.

Raab lacht nicht. Er wendet sich ab, macht eine dunkle

Miene und schaut auf den See. Harras tritt gut gelaunt aus der Vorratskammer, grinst und schnürt sich die Hose zu.

»Häsi!«, ruft er. Mein Blut gefriert. »Häsi, komm schon! Willst du denn nicht noch mal?«

Harras

Häsi erinnert mich ein wenig an mich selbst, wie er da bleich und zitternd im Gras liegt. Auch ich war mal einer, mit dem man seine Späße trieb. Häsi hat ein hässliches Gesicht, die gespaltene Oberlippe zieht sich bis zur Nase und gibt ein paar verrutschte Zähne und das Zahnfleisch frei. Da machen die Weibchen doch einem Bogen um ihn!

Aber ich bin ja da, um aus dem Häsi einen anständigen Mann zu machen, einen loyalen Soldaten. Er wird's verkraften. Es bewährt sich, wenn ich Buben bekomme, die noch feucht hinter den Ohren sind. Ich kann sie formen und kneten wie Teig.

Wie ich diese Bauernbrut hasse! Diese behaarten Fotzen ekeln mich an! Sie stinken nach Mist und Wurst, Gammelkäse und saurer Milch. Ein blutschänderisches Pack, das sich in kleinen fensterlosen Hütten verkriecht. Wie die Murmeltiere! Und sogar noch stolz darauf! Sie spucken vor uns auf den Boden und pfeifen auf den Landfrieden. Aber wenn man sie mit dem Knüppel ordentlich bearbeitet, werden sie ganz weich, ganz gehorsam, verraten sogar ihre eigenen Leute. Es ist ein Leichtes gewesen herauszufinden, wer uns da oben in der Felswand begegnet ist. Tell heißt er also. Ein Isenthaler. Das Bäuerchen scheint mir ein Querulant zu sein, benimmt sich, als wäre er ein König in seinem winzigen, stinkenden Reich. Als hätte er das gute Recht, sich wie einer zu benehmen, nur weil er abseits der Dorfgrenzen wohnt, ganz zuhinterst im Talkessel.

»Abmarsch!«, rufe ich.

Häsi setzt sich den Helm auf und eilt die Wiese hoch.

»Und der da?«, fragt Raab und zeigt auf den bewusstlosen Bauern.

»Lebt er denn noch?«, will ich wissen.

»Man müsste ihn halt mal fragen.«

Raab glaubt, er sei ein Witzbold. Aber niemand lacht.

»Mitnehmen!«

Häsi

Der Bauer lebt noch. Er stöhnt unterdrückt und keucht, ist aber kaum bei Bewusstsein. Er liegt gekrümmt im Boot, sein Kopf schaukelt im Wellengang schlaff hin und her. Die Arme haben wir ihm auf den Rücken gefesselt. Er geifert Blut und Speichel, seine Augen sind nur noch Schlitze im geschwollenen Gesicht.

Ich schaue weg und schlage die Ruder ins Wasser, so fest ich kann. Immer muss ich rudern, dabei habe ich schon Blasen an den Händen. Egal. Eigentlich bin ich froh, dass ich nicht auf den Gefangenen aufpassen muss. Raab steckt in aller Seelenruhe faustgroße Wurfsteine in einen Sack und hängt ihn dem Gefangenen um den Hals, zurrt das Seil so fest zu, bis der Bauer ganz langsam den Mund aufmacht, ohne einen Ton von sich zu geben. Harras zückt ein Messer und drückt es mir ziemlich grob auf die Brust.

»Mach du!«, sagt er und schaut mich auffordernd an.

Ich kann nicht, tu so, als hätte ich ihn gar nicht gehört, starre vor mich hin und rudere verbissen.

»Lass ihn!«

Raab flucht, packt den Bauern unter den Armen und kippt ihn über den Bootsrand, lässt ihn ins Wasser platschen.

Harras starrt ihn an.

»Wieso hast du das gemacht?«, fragt er verblüfft.

»Wieso? Wie tot kann man denn sein? Ich meine, glaubst du, der schwimmt jetzt an Land?«

Da, wo der Bauer ins Wasser gefallen ist, sind nur noch ein paar Luftblasen zu sehen.

»Darum geht's nicht«, sagt Harras und schnaubt vor Wut. »Wieso hast du nicht den Jungen machen lassen?«

»Ach, lass ihn doch! Hat er heute nicht genug erlebt?«

Auf dem Boot wird es mucksmäuschenstill. Jeder hält die Luft an. Man hört nur das Plätschern der Ruder, wenn sie ins Wasser tauchen. Das Knarren der Bootsdielen. Harras ist wie erstarrt, bohrt seinen Blick durch Raab. Der weiß nicht so recht, wo er hingucken soll, blickt mal ins Wasser, blickt mal auf mich, und dann wieder auf Harras, grinst verlegen und wird schließlich rot im Gesicht.

»Ach, so ist das«, ruft Harras. »Du willst wohl rudern!«

Die Stimmung auf dem Boot entspannt sich. Raab lacht verlegen, aber Harras meint's ernst und lässt nicht locker, bis Raab zähneknirschend meinen Platz eingenommen hat.

»Hasenfratz«, knurrt er mich an.

Harras

Verdammte Weicheier. Wie soll ich anständige Soldaten aus ihnen machen, wenn man mich nicht lässt?

In der Nacht schlafe ich schlecht. Meine Schulter plagt mich, wie immer zu dieser verfluchten Jahreszeit. Aber nicht nur die Schulter. Ich spüre jede Stelle, wo man mich schon geschnitten und gestochen und angesengt hat. Kaum erkenne ich den ersten Lichtstreifen überm Horizont, stecke ich den Kopf erleichtert in die kalte Wasserschale, reibe mir prustend das Wasser vom Gesicht, ziehe mich an und gehe zu den Stallungen. Da liegen sie im Heu, die ganzen Lümmel. Häsi schläft mit angezogenen Knien, macht sich selbst im Schlaf klein. Ich lasse ihn. Wenigstens stirbt er nicht als Jungfer. Raab liegt mitten in einem schnarchenden Haufen Männer. So ein Großmaul. Der wird sich noch wundern!

Ich trete Juppjupp ziemlich heftig in die Rippen, trotzdem wird er nur langsam wach. Er staunt mich mit großen Augen an, springt auf die Füße und nimmt Haltung an.

»Komm mit!«, sage ich, drehe mich um und gehe durch den Pferdestall zur Hintertür, trete hinaus in die kalte Morgenluft. Eine halb zerfotzelte Katze schleicht um das Stallgebäude.

»Juppjupp, ich habe einen Auftrag für dich.«

Juppjupp guckt mich verwirrt an. Er ist verschlafen und außerdem dumm wie Stroh.

»Bist du wach?«

»Jupp!«, ruft er.

Jetzt muss ich doch grinsen. Eigentlich ist es schade um ihn. Ich erkläre ihm, was er zu tun hat, und befehle, Häsi und Raab mitzunehmen. Wie viel von dem Gesagten bei ihm ankommt, bleibt für immer ein Rätsel.

»Verstanden?«

Juppjupp

Jupp!«
»Guter Mann«, sagt Harras und tätschelt meine Wange. Das bedeutet, dass er zufrieden mit mir ist!

Der Tag fängt gut an. Sehr gut, würde ich sagen. Harras weiß, zu was ich tauge. Gestern sollte ich den Nonnen einen Korb voll Äpfel bringen. Ich sei der stärkste Mann im Trupp, hat er gesagt, so dass alle es haben hören können.

Aber mir hat dann doch der Rücken weh getan, denn die Äpfel sind während des langen Fußmarsches immer schwerer geworden. Und die dummen Nonnen haben sie zuerst gar nicht entgegennehmen wollen. Vor der Pforte haben sie mich stehen lassen. Vielleicht hätte ich ihnen nicht sagen sollen, dass wir sie von den Bauern in Weggis haben. Schließlich ist die Oberschwester gekommen, hat sich bekreuzigt und den Korb hineintragen wollen. Aber er ist viel zu schwer für sie gewesen, und darum bin ich plötzlich von ganz vielen Nonnen umringt gewesen, die mit angepackt haben. Und die Oberschwester hat gesagt, sie würde für mich beten. Ich glaube nicht, dass jemals irgendjemand für mich gebetet hat. Jetzt steht mir der liebe Gott höchstpersönlich bei.

Dass Harras die Führung dieser schwierigen Mission mir übertragen hat, wird Raab nicht gefallen. Er glaubt wahrscheinlich, dass er gescheiter ist als ich, er glaubt ja sowieso, dass er der Klügste von allen ist. Er wird sich wundern!

»Aufwachen, Raab, sofort!«, sage ich, die Arme in die Hüften gestemmt.

»Friss einen Pferdeapfel«, murrt Raab.

»Nichts da!«, bestehe ich. »Befehl von Harras!«

Raab grunzt, wird aber wach.

Die Sonne steht ganz oben, es ist Mittag, und wir sind noch immer nicht im Isental angekommen. Raab tut so, als hätte er gleich gewusst, dass wir in die falsche Schlucht geklettert sind. Aber warum hat er dann nichts gesagt? Jetzt lacht er mich wieder aus, sagt, *ich* sei doch der Anführer dieses Trupps, *ich* müsse doch wissen, wo es langgehe. Er schüttelt verächtlich den Kopf. Ich möchte ihm gerne zeigen, wer hier das Sagen hat, doch ich darf ihn nicht verhauen, denn ein Anführer muss auf seine Soldaten aufpassen.

Am Nachmittag finden wir endlich den Weg, aber es ist eigentlich bloß ein steiler Trampelpfad, der über Leitern und durch eine enge Schlucht ins Tal führt. Hier oben sollen wirklich Leute leben?

Häsi bleibt stehen, stützt sich auf seinem Spieß ab und ringt nach Atem.

»Ich kann nicht mehr«, keucht er.

»Wenn wir das Dorf erreichen, machen wir eine Rast«, entscheide ich.

»Vorausgesetzt, du findest das Dorf!«, pöbelt Raab.

Ich möchte etwas erwidern, aber es fällt mir nichts ein, darum starre ich ihn nur an.

»Was denn! Jetzt schau mich nicht so entgeistert an, Juppjupp. Keine Sorge, wir werden den Weg schon finden. Nur immer schön der Nase nach, nicht wahr?«

Tatsächlich weitet sich die Schlucht bald, das Tal öffnet sich, die ersten Bauernhöfe liegen vor uns. Mitten im Dorf, direkt vor der Kirche, waschen Weiber an einem Brunnen ihre Wäsche. Als sie uns bemerken, klemmen sie ihre tropfenden Körbe unter die Arme und machen sich davon.

»Wo geht's zum Tellhof?«, rufe ich ihnen hinterher, aber keine gibt Antwort.

»Na wunderbar!«, freut sich Raab. »Du bist ein richtiger Frauenheld.«

Ich bin zwar ein Krieger, ein guter Soldat mit der Kraft und dem Geschick für zwei, aber ein Frauenheld bin ich nicht. Raab nimmt mich wohl auf den Arm. Ich komme nicht dazu, mir weiter Gedanken darüber zu machen, denn ein Priester kommt aus der Kirche geschlichen und tritt blinzelnd ans Tageslicht. Er schaut sich etwas ängstlich nach allen Seiten um. Räuspert sich.

»Meine Herren! Wie kann ich Ihnen behilflich sein?«

Das Gebet der Nonne zeigt Wirkung! Jetzt bin *ich* es, der Raab auslacht. Aber der taucht nur seinen Kopf ins Brunnenwasser, als hätte er gar nicht mitgekriegt, dass uns ein Gottesdiener so freundlich willkommen geheißen hat.

»Wir suchen Tell«, sage ich erleichtert.

Der Priester kommt vorsichtig über den Dorfplatz auf uns zu und mustert mich und meine Männer.

»Wieso müsst ihr zu Tell?«

»Das ist geheim!«, fahre ich ihn an, so dass er einen Schritt rückwärts macht und fast auf den Hintern fällt.

Aber Raab, der den Kopf wieder aus dem Wasser gezogen hat und sich die Tropfen aus dem Gesicht wischt, sagt:

»Hast du es denn schon vergessen, Juppjupp? Wir sollen es die Bewohner wissen lassen. Keinen Hehl aus der Sache machen.«

»Jupp! Natürlich weiß ich das noch! Wir müssen herausfinden, ob Tell gewildert hat, weil man das nicht darf. Und ihn dann verhauen.«

»Aber meine Herren!«, mischt sich der Priester ein und schaut von einem zum anderen. »Seien Sie unbesorgt. Es ist unnötig, dieser Anschuldigung nachzugehen. Wir alle hier in Isenthal kennen die Gesetze, und Tell geht schon lange nicht mehr auf die Jagd. Seit sein Bruder gestorben ist, ist er nur noch ein Bergbauer.«

»Befehl ist Befehl«, sage ich bestimmt.

»Gib's ihm!«, ruft Raab.

»Sehr wohl«, sagt der Priester beschwichtigend und sieht mich an, als gucke er direkt in meinen Kopf. »Eigentlich trifft es sich gut. Ich muss sowieso zum Tellhof hoch. Auch ich habe einen Auftrag, einen Gottesauftrag. Ich biete mich an, euch Kämpen zum Hüttenboden zu begleiten.«

»Jupp, jupp!«, entfährt es mir. Ich schaue Raab triumphierend an, denn jetzt ärgert er sich bestimmt, dass es mir gelungen ist, Verstärkung von den Einheimischen zu bekommen.

»Das hast du wunderbar gemacht«, lobt mich Raab und klopft mir auf die Schulter, packt seinen Spieß und geht voran.

Ich muss mich beeilen, um ihn einzuholen, denn ein Führer muss immer zuvorderst sein.

Raab

Das ist dir wunderbar gelungen, Juppjupp, du Volltrottel, du Verlegenheit jeder Mutter. Dieser Kerzenschlucker ist gewiss nicht auf unserer Seite. Jetzt hängt uns das Gewissen am Senkel. Was soll's. Hauptsache, wir überleben den Tag. Wie du, Juppjupp, bis jetzt überlebt hast, wundert mich ja, du Dummheit in Person. Mir dämmert langsam, warum dir Harras die Führung überlassen hat; er will, dass die Situation auf dem Tellhof eskaliert. Er will, dass es zum Gemetzel kommt. Es ist ihm völlig wurst, was mit uns geschieht. Hauptsache, Tell leistet Widerstand und macht sich schuldig. Es braucht nur irgendwer die Beherrschung zu verlieren, dann ist die Sache gelaufen. Glück hast du, Juppjupp, dass dieser Priester für den Frieden im Dorf zuständig ist und uns so schnell wie möglich loswerden möchte. Dabei hat er uns schon die Richtung zum Tellhof verraten, als er unvermittelt da hochgeguckt hat, du Tölpel, du Ausrutscher Gottes. Jetzt haben wir den Kerzenschlucker im Schlepptau. Na ja, wenigstens ist mir nicht langweilig. Denn davon gibt es bei diesen freudlosen Holzfällern genug: Langeweile. Und daran sind sogar schon welche gestorben.

Vater Taufer

Sie wollen zum Tellhof, um Gottes willen! Das verheißt nichts Gutes. Es ist ein seltsamer Trupp, angeführt von einem unbeholfenen Koloss mit breiten Schultern und einem runden Nacken, auf dem ein unförmiger Kopf sitzt, scheinbar ohne Hals. Der Mann ist geistig beschränkt, und doch ist er der Anführer. Seine Augen stehen nahe beisammen und haben einen kindlichen, verstörten Blick. Aber in der Dummheit steckt die größte Gefahr. An seinem Gürtel baumelt ein primitiver Streitkolben, eine barbarische Keule, die er vielleicht selbst angefertigt oder einem Gegner abgenommen hat. Dass er damit gut umgehen kann, ist zu befürchten. Jetzt ist er zwar überglücklich, den Weg zum Tellhof gefunden zu haben, er hüpft und sagt immerzu »jupp, jupp!«, aber der Zweite im Trupp provoziert ihn, macht sich über ihn lustig, äfft ihn nach. Ist er ein Teufel, oder ist ihm einfach nur langweilig? Nur der Dritte scheint harmlos zu sein, ist fast noch ein Bub. Er kann einem leidtun. Sein Gesicht entstellt; eine hässliche gespaltene Oberlippe, weiche rote Wangen und traurige Augen. Er blickt sich ängstlich nach allen Seiten um, als vermute er einen Hinterhalt. Die Schutzrüstung hängt schwer an seinem zarten Körper, ein völlig unbrauchbarer Soldat.

Plötzlich wird mir klar, was hier gespielt wird: Diese

drei Soldaten werden ins Verderben geschickt! Tell wird den Soldaten nicht gehorchen, er lässt sich von niemandem herumbefehlen, darum gefällt es ihm da oben auf dem Hüttenboden, weitab der Dorfgrenzen. Mit Tell kann nicht räsoniert werden. Und er scheut sich nicht, Gebrauch von der Armbrust zu machen. Selbst wenn ich alleine zu ihm hochginge, müsste ich damit rechnen, dass er sie auf mich richtet.

Wenn die drei nun auf seinem Hof erscheinen, gibt das ein Blutbad. Ich muss die Soldaten begleiten. Ich muss das Schlimmste verhindern. Sonst fällt der Landvogt über Isenthal her wie ein Wintersturm, und wir alle können für Tells Ungehorsam den Preis bezahlen.

Walter

Willi kommt angerannt und fuchtelt mit den Armen, ruft es viel zu laut:

»Männer! Es kommen Männer!«

»Nicht so laut!«, zische ich, denn nun sehe ich sie auch, sie haben schon den Bach überquert. Soldaten!

Willi schaut mich erschrocken an, als hätte er eine Dummheit gemacht, als hätte er uns irgendwie verraten.

»Versteck dich im Heu!«, zische ich.

Einer der Soldaten ist ein Berg von einem Mann, nicht groß zwar, aber breit und sicher stark wie ein Bär. Wobei mir ein Bär auf der Wiese lieber wäre. Ein anderer hat eine hässliche Fratze, die mir Angst einjagt. Jetzt kommt Vater aus dem Stall, macht ein wütendes Gesicht, sagt aber kein Wort, stellt sich in die Wiese, als laste ihm der Himmel schwer auf den Schultern. Er schaut den Männern zu, wie sie sich den Hang hochkämpfen. Jetzt bereue ich, die Armbrust kaputtgemacht zu haben.

»Walter«, sagt Vater und schaut mich flüchtig an, »hol die Axt!«

Sie steckt wieder im Hackklotz, Vater muss sie mit voller Wucht hineingeschlagen haben, denn nun bringe ich sie nicht raus. Die verfluchte Axt steckt fest, ganz egal, wie sehr ich an ihr zerre.

»Vater!«, rufe ich verzweifelt, aber er schaut den Männern entgegen und dreht sich nicht nach mir um.

Sie sind jetzt nur noch einen Steinwurf von ihm entfernt. Den einen kenne ich! Es ist Vater Taufer. Er eilt den Soldaten voraus, die schwer mit Schutzrüstung und Waffen beladen sind.

»Wilhelm!«, ruft er besorgt und hebt beide Hände.

Ich zerre an der Axt wie ein Wilder, hin und her und rauf und runter. Der ganze Hackklotz wackelt, kippt fast um, obwohl er mindestens so schwer ist wie ich. Ich klettere auf den Klotz, die Axt zwischen meinen Beinen, zerre so sehr, bis mir schwindlig wird.

»Wilhelm«, wiederholt Vater Taufer. »Gottes Segen!«

Vater sagt nichts, steht einfach nur lauernd da.

Die Axt gibt plötzlich nach, schnellt in die Höhe, gleitet mir aus der Hand, und ich lande auf dem Hintern. Einer der Soldaten hat es gesehen, er schaut mich an und grinst. Vater hat es zum Glück nicht bemerkt. Ich rapple mich auf und eile zu ihm. Er reißt mir die Axt aus der Hand.

»Grüß Gott, Walter«, sagt Vater Taufer.

»Grüezi, Vater Taufer«, murmle ich und schleiche ein Stück zur Seite.

»Aber Wilhelm, die brauchst du nicht.« Vater Taufer zeigt auf die Axt. »Die Soldaten verstehen es nur als Provokation!«

»Was wollen sie denn, die Soldaten?«, murrt Vater.

Der Priester macht den Mund auf, doch der Anführer des kleinen Soldatentrupps, der fürchterliche Bär, kommt ihm zuvor:

»Sei still! Verdammter Pfaff! Das ist –«, er ringt nach Atem und rotzt auf die Wiese, »das ist unsere Sache!«

Vater Taufer macht große Augen und wird rot im Gesicht. Ob er jemals so beschimpft worden ist?

»Und was ist sie, eure Sache?«, will Vater wissen.

Der Anführer lacht laut und irgendwie viel zu lange. Vielleicht sucht er nach Worten.

»Wir wissen ganz genau, was du gemacht hast, Tell! Du bist doch Tell, oder?«

Er bleibt ein paar Armlängen vor Vater stehen und hebt seine fürchterliche Waffe, womit er bestimmt schon einige Köpfe eingeschlagen hat. Es ist eine verkratzte schwarze Holzkeule, die mit unförmigen Noppen aus Eisen bestückt ist. Er zeigt damit auf die Räucherkammer. Seine Gefolgsleute stellen sich schräg hinter ihn, ringen nach Atem und versuchen, Haltung zu bewahren. Sie tragen kurze Speere bei sich, Spieße. Der mit dem Fratzengesicht ist so erschöpft, dass er sich sogar auf seiner Waffe abstützen muss. Sie schwitzen allesamt. Rinnsale, die unter ihren Helmen über Stirn und Nase tropfen. Der Anführer dreht sich zu ihnen um und sagt:

»Stimmt doch, oder, Raab?«

Der Soldat, der also Raab heißt, nickt und spuckt zu Boden.

»Korrekt.«

Der Anführer ist erleichtert und wendet sich wieder Vater zu.

»Wir sind hier, um dein Diebesgut zu beschlagnahmen und dich zu verhauen! Befehl des Landvogts.«

»Haben Sie das schriftlich und besiegelt?«, mischt sich

unser Dorfpriester wieder ein, und ich bin so froh, dass er da ist.

»Nein, aber Harras hat es mir heute Morgen befohlen!« Der Anführer dreht sich wieder fragend zum Soldaten um, der Raab heißt.

»Befehl ist Befehl ist Befehl«, bestätigt dieser.

Dann sagt niemand mehr was. Vater starrt durch den Anführer hindurch, der Priester schaut von einem zum anderen, auch zu mir. Er mustert mich. Als lese er in meinem Gesicht ab, was als Nächstes zu tun sei, streckt er plötzlich die Brust heraus und verkündet:

»Beschlagnahmt, was ihr beschlagnahmen müsst, aber nicht mehr. Werft einen Blick in die Räucherkammer, und wenn da am Haken hängt, was ihr vermutet, so nehmt es, in Gottes Namen.«

»Halt's Maul, Franz!« Vater knurrt die Worte, ohne ihn dabei anzuschauen. »Was da drinnen am Haken hängt, gehört mir.«

»Wir entscheiden, wem was gehört!« Der Anführer schwingt seine Keule.

Vater hebt die Axt und umklammert den Schaft so fest, dass seine Knöchel ganz weiß werden, bereit zuzuschlagen. Sofort schwirren die Soldaten mit gesenkten Spießen auseinander und umzingeln Vater.

»Wer die Soldaten des Königs bedroht, bedroht den König!«

Vater Taufer bekreuzigt sich und schickt ein Stoßgebet Richtung Rothorn: »Herr im Himmel, Gnade!«

Vater gibt einen letzten Knurrlaut von sich. Ich weiß, jetzt ist er nicht mehr aufzuhalten.

Juppjupp

Ich bin größer als er, ich bin stärker als er. Jupp, ich bin ein Krieger. Aber so böse hat mich noch nie jemand angeschaut, so, als wäre ich gar kein Mensch. Jetzt schwingt er sogar die Axt. Hat der denn keine Angst vor mir? Sogar der Priester hat einen Schritt von ihm weg gemacht, als wisse er ganz genau, was jetzt kommt, als habe er so was schon einmal erlebt.

Ich schaue mich nach Raab um. Der blickt mich auffordernd an. Er will, dass ich angreife, will, dass ich den Anfang mache. Stärke zeige. Und das muss ich ja auch. Schließlich bin *ich* der Anführer. Jetzt muss ich beweisen, zu was ich tauge. Jupp! Nie wieder werde ich Äpfel zu den Nonnen schleppen. Nie wieder werde ich die Drecksarbeit machen!

Tell ist ohne Schutzrüstung. Ich kann ihn also schlagen, wo ich will. Am besten, ich zertrümmere seine Schulter. Dann lässt er die Axt nämlich fallen. Und dann kann ich ihm in aller Ruhe den Kopf einschlagen, bis er Apfelmus ist.

»Mensch, Juppjupp!« Raab schaut mich verständnislos an. »Jetzt steh nicht bloß rum!«

Kaum hat er das gesagt, fliegt die Tür der Hütte krachend auf, und ein altes Weib kommt ans Tageslicht. Die Alte hat einen so schrecklich krummen Rücken, dass sie nicht mehr aufrecht stehen kann. Sie ist über den Boden gebeugt, als habe sie etwas im Gras verloren. Aber sie kommt direkt auf uns zu und rudert dabei mit den Armen. Das Einzige, was ich von ihrem Kopf sehe, ist ihr schütteres, dünnes Haar und darunter die braune Kopfhaut. Jetzt kommt eine zweite Frau aus dem Haus gestürmt, auch alt, aber nicht so krumm. Dafür ist sie bleich und gelb im Gesicht. Wie viele Leute sind denn in dieser Hütte versteckt?

Auch Tell hat die Frauen bemerkt, scheint sogar ein wenig erschrocken, denn er hat die Axt sogleich sinken lassen, als hätten ihn die alten Weiber bei seinen Faxen ertappt.

»Bub!«, faucht die Gekrümmte. »Du hörst jetzt auf damit!«

Der Priester bläst Luft durch die Lippen, schaut dankbar in den Himmel und bekreuzigt sich. Die Alte ist erstaunlich schnell und kommt schnurstracks auf uns zu. Raab ruft:

»Obacht, Wilhelm. Jetzt gibt's gleich Schelte!«

Ich lache. Ich lache laut. Und ich lache gerne. Ich kann fast nicht mehr aufhören.

»Was gibt's zu lachen?«, fragt die Alte.

»Nur mal langsam, meine Gute«, meldet sich Raab und tritt ihr in den Weg. Er streckt die Hand aus, packt die Alte an der Schulter und hält sie so auf Abstand. »Du solltest dich nicht in die Angelegenheiten der Männer einmischen, verstanden?«

Tell sieht das auch so.

»Mutter, bitte geh ins Haus!«

»Nein!«, gibt die Alte zurück. »Ich will kein Blutvergießen hier. Nehmt mit, was ihr wollt, und dann verschwindet!«

Raab lässt sie etwas näher an sich ran und beugt sich

zu ihr: »Ich gebe dir jetzt einen guten Rat! Hörst du mich überhaupt?«

Die Alte dreht ihr Gesicht zu ihm hoch, muss sich dabei ziemlich verrenken, doch es scheint ihr ein Anliegen zu sein, Raab die Stirn zu bieten.

»Ich bin vielleicht krumm, aber taub bin ich nicht!«

»Dann spitz schön die Ohren!« Raab sagt es laut und langsam. »Geh zurück in die Hütte! Das hier ist eine Angelegenheit zwischen –«

»Oder was?«

»Mutter!«, ruft Tell, doch sie hört nicht auf ihn. Sie sieht nur Raab an.

»Was denn? Ich will nur wissen, was du sonst mit mir vorhast!«

»Was ich mit dir vorhabe?«

»Komm zur Sache, Jungchen!«

Raab schaut mich verblüfft an und lacht. Jetzt muss auch ich wieder lachen. Ich freue mich schon darauf, die Geschichte heute Abend den Kameraden zu erzählen. Wie die Alte um keine Antwort verlegen war und alles. Ich muss mir das merken. Aber jetzt ist Raab eine Idee gekommen, ich sehe es seinen Augen an. Er zwinkert mir sogar zu, und ich nicke erwartungsvoll.

»Oder ich gebe dir höchstpersönlich eine Waffe, damit du dich an der Schlacht beteiligen kannst.«

Ich pruste.

»Jupp, jupp, so machen wir's!«

»Vor dir hätte ich allemal keine Angst!« Die Alte ballt ihre Hände zu Fäusten. »Ich habe schon weit schlimmere Bergtrolle vertrieben.«

Raab lacht erstaunt, denkt kurz nach und schaut mich verschmitzt an.

»Also gut!«

Er zuckt mit den Schultern, holt aus und verpasst der Alten einen heftigen Tritt in die Rippen, dass es knackst.

Tell brüllt und schwingt die Axt in die Höhe, zögert aber, denn nun macht die Alte mit dem Boden Bekanntschaft. Ihr Rock rutscht ihr über die Knie, ihre Beine zeigen in den Himmel, sie überschlägt sich, rollt ein Stück weit über die Wiese und gibt dabei Wehrufe von sich.

»Oh, oh, oooh!«

Diese Laute setzen Tell außer Gefecht. Er lässt die Axt fallen und eilt zu seiner Mutter, kniet sich zu ihr hin und ist plötzlich ganz klein und ungefährlich. Der Priester und der Junge tun es ihm gleich, kauern sich um die Alte.

Raab hat ein schräges Grinsen auf dem Gesicht, tut gelassen.

Ich muss plötzlich an meine Mama denken, denn ich habe sie seit Jahren nicht mehr gesehen. Ob sie überhaupt noch lebt? Sie ist immer sehr lieb zu mir gewesen, hat mich geküsst und umarmt, nachdem die fremden Männer das Bett verlassen haben. Als mich die Soldaten mitgenommen haben, ist sie so traurig gewesen, dass sie sogar geweint hat. Und jetzt fällt es mir schwer, ihr Gesicht in meinen Gedanken zu sehen. Aber ich kann sie spüren, ihren Bauch, ihren dicken Busen und ihren weichen Hals, an den ich mich geschmiegt habe. Ich fühle noch heute, wie sie mich an sich drückt. Mama. Ich erinnere mich an deinen Geruch, aber dein Gesicht ist nur breit und –

»Was träumst du wieder!«, fährt mich Raab an, wendet

sich ab, fummelt seinen Schwanz hervor und pinkelt in die Wiese.

»Entschuldige«, sage ich und bereue es sofort. Darum wende ich mich Häsi zu, der mich komisch anguckt und einen roten Kopf hat. »Du, Häsi! Bleib hier stehen, und pass auf!«

»Pass auf was auf?«, fragt er genervt.

»Auf alles!«, sage ich noch genervter und begebe mich zur Räucherkammer.

Der Bauer schenkt mir jetzt keine Beachtung mehr. Für ihn gibt es nur noch seine Mutter.

Aloisa

Wilhelm!« Man muss mit ihm reden wie mit den Kühen, wenn sie rumtanzen. Nur so hört er einem zu. »Du lässt die Schurken jetzt machen! Du kannst deine Mutter nicht einfach auf dem Boden liegen lassen!«

Marie schaut mich dankbar an. Doch Wilhelm ist plötzlich wieder auf die Beine gesprungen und blickt unentschlossen auf die Axt am Boden, zittert, bebt vor Wut. Der Jungsoldat wird nervös, dreht sich nach seinen Kameraden um und ruft:

»Raab?«

Der pinkelt gelassen in die Wiese, schüttelt ab und steckt sein Ding wieder in die Hose.

»Lass sie machen, Tell!«, ruft Vater Taufer, um sogleich wieder die Heilige Mutter Gottes um Gnade für die arme Marie zu bitten. Die stöhnt vor Schmerz, und das vermag Wilhelm endlich zu überzeugen.

»Franz, pack an!«, knurrt er in seinen Bart und schiebt die Arme unter seine Mutter.

Vater Taufer tut es ihm auf der anderen Seite gleich. Ich halte Maries Kopf mit beiden Händen. Walter will auch helfen, aber er weiß nicht, wo er anpacken soll, ist völlig verwirrt.

»Die Beine, Bub, fass an!«

»Ihr Teufel!«, brüllt Wilhelm aus voller Kehle.

Marie schließt die Augen, als tue ihr der Lärm in den Ohren weh.

»Sei jetzt endlich still!«, zische ich.

»Das werden wir melden!«, gibt der Soldat, den sie Raab nennen, zurück. »Du hast dich am Wild des Königs vergriffen und Soldaten bedroht. Dich machen wir einen Kopf kürzer, und deine klägliche Hütte brennen wir ab!«

»In Gottes Namen, lasst gut sein!«, ruft Vater Taufer. »Tells Mutter hat die Schuld für ihn beglichen. Ihr könnt das Wild beschlagnahmen, mehr noch, Tell hat es für euch schon geschlachtet und geräuchert. Diese Arbeit hat auch einen Wert.«

Der Soldat verwirft gelangweilt die Hände. Aus der Räucherkammer hört man den Anführer rufen:

»Jupp! Fleisch! Jede Menge. Schau dir das an, Raab!«

Wilhelm zittert am ganzen Leib. Seine Stimme überschlägt sich.

»Diebe!«

Jetzt sind wir beim Haus angekommen, bleiben aber unentschlossen vor der engen Türöffnung stehen. Ich sehe noch, wie die Soldaten unseren Leiterwagen aus dem Schopf zerren, ihn mit Fleisch beladen und sich dann davonmachen. Wilhelm folgt den Soldaten mit rasendem Blick.

»Wilhelm!«, befehle ich. »Fass Marie an den Schultern, geh rückwärts durch die Tür. Herr Taufer, helfen Sie Walter mit den Beinen!«

Man gehorcht mir, doch ich habe keine Zeit, mich darüber zu wundern.

Grosi Marie

S o, meine Herrschaften, jetzt könnt ihr mich bitte auf
dem Stuhl da absetzen!«

Wilhelm schaut mich verdattert an. Vater Taufer ebenso.
Aloisa lacht kurz und hell. Sie durchschaut mich sofort.

»Alles nur halb so schlimm«, sage ich. »Nur ein paar
blaue Flecken, sonst nichts.«

»Bist du nicht verletzt?« Wilhelm hat noch immer nicht
begriffen, dass ich den Sturz nur habe böse aussehen lassen.

»Alles nur halb so schlimm«, wiederhole ich darum.

Hedwig trägt Lotta auf dem Arm und hat die ganze Sache durch die Luke mitverfolgt.

»Wilhelm, begreifst du denn nicht? Deine Mutter hat
unser Leben gerettet!«

»Heilige Maria!«, ruft Vater Taufer erstaunt.

Ich kichere, schäme mich aber ein wenig, meine Leute
hinters Licht geführt zu haben, vor allem Wilhelm, der immer alles so wörtlich nimmt. Er murmelt Unverständliches
und schüttelt unablässig den Kopf. Vater Taufer klatscht
die Hände zusammen.

»Marie, Sie sind mit allen Wassern gewaschen!«

Ich nicke nur und lächle, unterdrücke den Schmerz, der
mir durch die Knochen jagt.

Hedwig

Marie sitzt gebückt am Tisch, atmet stockend, flach, sagt kein Wort.

»Marie, ist alles in Ordnung?«

Sie nickt und lächelt, um mich zu beruhigen.

Heute kümmert sich Aloisa mit den Buben um die Stallarbeit. Wilhelm habe ich mit der Axt im Stäfeliwald verschwinden sehen. Vielleicht lässt er seine Wut an einer Tanne aus.

»Du bist eine schlechte Lügnerin«, necke ich Marie.

Sie lacht unterdrückt, zuckt aber zusammen, als durchfahre sie der Schmerz bei der geringsten Bewegung.

»Vielleicht sollte ich mich doch ein wenig hinlegen.«

Ich helfe Marie auf die Beine und geleite sie zum Bett. Sie legt sich hin, schließt die Augen und beginnt zu schlottern.

»Willst du einen Kräutersud?« Ich decke sie zu.

»Das wäre wunderbar. Brennnessel und Schafgarbe. Hirtentäschel, wenn wir noch haben.«

Ich füge dem bitteren Sud auch Pfefferminz und ein wenig Honig bei, doch Marie liegt reglos im Bett und rührt den Becher nicht an.

»Der Becher steht auf dem Schemel, der Sud wird kalt«, erinnere ich sie nach einer Weile.

»Gleich«, sagt Marie. »Gleich.«

Harras

Als ich Juppjupp, Raab und Häsi spätabends zum Tor hereinmarschieren sehe, einen Leiterwagen hinter sich herziehend, muss ich lachen. Sie sind zwar sichtlich erschöpft, am Ende ihrer Kräfte, aber ich habe nicht damit gerechnet, die drei jemals wiederzusehen. Und schon gar nicht lebend und mit der beschlagnahmten Beute! Jetzt weiß ich nicht, ob ich sie loben oder tadeln soll, denn verletzt oder meinetwegen tot hätten sie mir größeren Nutzen gebracht. Ich hätte die ganze verfluchte Talschaft plündern können. Ist es ihnen tatsächlich gelungen, Tell zu überwältigen?

Sie erzählen mir nichts dergleichen. Juppjupp berichtet von einem simplen Wortgefecht, erzählt, wie Tell sogar die Axt gegen ihn erhoben hat. Dann aber habe sich seine Mutter eingemischt. Auch ein Priester soll anwesend gewesen sein.

»Was zum Teufel hat ein Pfaff da oben bei Tell verloren?«, will ich wissen, denn nun beginnt mich die klägliche Geschichte dieser Idioten zu ärgern.

»Er hat uns den Weg gezeigt«, gibt Juppjupp offen zu.

»Halt's Maul«, knurrt Raab.

Häsi, dieser Bettbrunzer, steht da, als würde er gleich in Tränen ausbrechen. Vielleicht hat er erkannt, wie nahe er dem Tod war, da oben bei den Wilden.

»Schmeißt das Fleisch in die Grube«, befehle ich.

»Aber –« Juppjupp ist verblüfft.

»In die Grube! Von diesem Drecksbauern fress ich nichts!«

Grosi Marie

Ich habe Schmerzen.

Jeder Atemzug kostet Überwindung, aber ich darf mich glücklich schätzen, denn ich werde umsorgt. Immer wieder kommen sie zu mir ans Bett, fragen, wie es mir geht und ob ich etwas brauche. Willi spielt neben mir mit seinen Knochenfiguren. Lotta versucht, ihr Schaffell zu verlassen, aber Hedwig hebt sie immer wieder hoch und legt sie zurück. Walter sitzt am Tisch und lässt mich nicht aus den Augen. Der Herrgott hat mich reichlich beschenkt.

Hedwig ist eine wunderbare Frau für meine Söhne. Ich hätte ihr so sehr ein glückliches Leben mit Peter gegönnt. Wilhelm dagegen ist … Ach, er ist ein braver Bub. Aber anders. Ein stiller, seltsamer Kerl. Das ist er schon immer gewesen, aber er tut sein Bestes. Gewiss. Auch er kniet sich ans Bett, schaut mich an, schaut mich so richtig an, was mich überrascht, denn meistens schaut er an einem vorbei. Was sich in seinem Kopf abspielt, ist mir ein Rätsel. Aber jetzt stehen ihm die Sorgen und die Schuldgefühle ins Gesicht geschrieben. Er spürt, dass etwas nicht stimmt. Unter seinem dicken Bart steckt noch immer ein sensibler Junge. Ich wünschte, ich hätte damals mehr Geduld mit ihm gehabt, aber ich habe mir von Vater Loser einreden lassen, dass Wilhelms Eigenart möglicherweise die Folge der Erbsünde sei. Und darum habe ich es zugelassen, als auch mein Mann versucht hat, Wilhelm zurechtzubiegen. Er ist eben immer verschlossen gewesen, unzugänglich, hat mit sich selbst geredet und mit unsichtbaren Spielgefährten. Ich habe versucht, ihn davon abzubringen, bin eine strenge Mutter gewesen. Zu streng, leider.

Ich danke Gott, dass er Wilhelm einen Bruder geschenkt hat, der, sobald er zu einem Knaben herangewachsen ist, die Verbindung zu Wilhelm hergestellt hat, obwohl die beiden nicht hätten verschiedener sein können. Wie Fisch und Vogel. Peter hat sich gegenüber Wilhelm wie ein großer Bruder benommen, und so haben die Leute letztendlich geglaubt, er sei der Ältere. Er hat für Wilhelm das Wort ergriffen, hat ihn mit Argumenten verteidigt, aber wenn es zu einer Prügelei mit den Kindern im Dorf gekommen ist, haben sich Wilhelms Fäuste bewährt. Die zwei Brüder haben sich auf wundersame Weise ergänzt, und so ist es auch für uns mit Wilhelm einfacher geworden.

Heute weiß ich, dass jeder so geschaffen ist, wie er zu sein hat. Alles und jeder hat seine Bestimmung. Die Heidelbeerstauden gedeihen am besten zwischen den großen Tannen, wo sonst nicht viel wächst.

Jetzt kniet Wilhelm an meinem Bett und schaut mich an.

»Geht es dir gut?«, fragt er mich schon wieder. Hat er etwa Angst um mich?

»Ich bin nur dumm gefallen.«

Dabei kann ich meine Augen fast nicht mehr offen halten. Das letzte Tageslicht ist nun über den Bergen verglüht, in der Stube ist es düster. Ich will versuchen zu schlafen. Auf den Abendbrei verzichte ich.

Als sich Aloisa zu mir ins Bett legt, sagt sie:

»Du bist ja heiß wie ein Ofen!«

»Aber mir ist kalt«, presse ich hervor. »Bitte decke mich besser zu.«

Aloisa breitet die Decke über uns aus und schmiegt sich an mich.

»Du schwitzt!«, flüstert sie, als ob ich das nicht selber wüsste.

Ich blicke noch einmal zur Luke. Draußen ist jetzt schwarze Nacht. Ich will nicht traurig sein, denn ich habe gelebt. Und ich freue mich auf das Licht.

Kapitel 3

»Feuer ist Leben. Feuer ist Zerstörung.«

Hedwig

Ich schrecke aus einem tiefen Schlaf, höre Grosi Marie rufen:

»Peter!«

Ich bin noch nicht ganz bei Sinnen, stecke in einem Traum fest und warte darauf, dass Peter Antwort gibt. Vergeblich.

Das Bett neben mir ist leer. Wilhelm sitzt auf einem Schemel am Großmutterbett und hält die Hand seiner Mutter. Auch Aloisa ist wach.

»Marie brennt!«

Grosi Marie liegt zitternd im Bett, die Augen weit aufgerissen. Mit der freien Hand greift sie ins Leere. Sie sieht Dinge, die wir nicht sehen. Wilhelm kriegt die Hand zu fassen und drückt sie fest an seine Brust.

»Mutter, ich bin da.«

»Peter?«

»Nein, Mutter. Ich, Wilhelm.«

»Wo ist Peter?«

»Peter ist tot.«

»Aber wo bleibt er denn so lange? Er müsste doch längst wieder hier sein!«

»Mutter –« Wilhelm sucht nach Worten und wirft mir einen verzweifelten Blick zu.

»Ich mache einen Quarkwickel«, sagt Aloisa und steigt aus dem Bett, legt zwei Holzscheite auf die Feuerstelle und macht sich an die Arbeit.

»Peter ist in den Bergen«, flüstert Wilhelm. »Er kommt nicht wieder.«

»Aber nein!«, wehrt sich Mutter. Ihr Blick flackert. »Du bist doch mit ihm gegangen!«

»Ja, aber –« Wilhelm zittert. »Mutter. Ich bin doch da.«

»Wer?«

»Ich, Wilhelm!«

Grosi Marie seufzt erleichtert und macht die Augen zu.

»Sollen wir Vater Taufer holen?«, frage ich leise, aber Wilhelm schüttelt nur den Kopf.

Ich rieche Quark und mache einen Sud mit Kräutern. An Schlaf ist jetzt nicht zu denken.

Walter steht am Großmutterbett und macht keinen Mucks, steht kerzengerade. Ich habe ihn gar nicht kommen hören. Er wirkt größer als sonst, und weil sein Gesicht ein einziger schwarzer Schatten ist, sieht er ein bisschen aus wie Peter. Ich drücke ihn an mich.

»Leg dich wieder schlafen.«

Wie lange eine Nacht dauern kann! Endlich macht sich ein wenig Tageslicht bemerkbar.

Ich sitze am Totenbett. Mein Hintern tut weh. Marie hat ihren Frieden gefunden, ist uns still entronnen. Ich stelle mir vor, wie Peter sie abgeholt und ins Himmelsreich begleitet hat. Ein kleiner Trost. Ich bin überzeugt, dass ihr ein ordentliches Plätzchen da oben zusteht. Wilhelm und

Walter liegen bei ihr im Bett, schlafen völlig erschöpft. Sie sind schön im Gesicht, alle drei, friedvoll, entspannt, drei Generationen unter der Wolldecke. Springt endlich ein Funke Liebe in meiner Brust? Hat diese Tragödie letztendlich doch etwas Gutes? Bringt sie uns näher? Gehört es zu Maries ausgeklügeltem Plan? Es hat gutgetan, Wilhelm am Bett seiner Mutter kauern zu sehen, aufgeweicht, verwirrt, angsterfüllt. Endlich habe ich bis in sein Innerstes sehen können, wenigstens für eine Nacht. Aber ich mache mir keine Illusionen. Wenn er aufwacht, wird er wieder ganz der Alte sein.

Ich trete ins Freie, brauche frische Luft. Meine Mutter sitzt draußen auf der Bank an die Hauswand gelehnt, hat sich in eine Decke eingewickelt und blickt in den Morgennebel, der dick über der Matte liegt, uns umhüllt, abschirmt vom Rest der Welt. Die Luft ist feucht und kalt, die Gräser schwer vom Tau.

»Schläft's da drinnen?«, fragt Mutter und bietet mir einen Platz unter der Decke an. Ich schmiege mich an sie und lege meinen Kopf an ihre Schulter.

»Allesamt, aber Marie schläft am tiefsten von allen.«

»Beim Herrgott lässt es sich bestimmt wunderbar schlummern.« Mutter klingt fast ein wenig neidisch.

»Ihr habt euch gemocht, nicht wahr?«, frage ich sie vorsichtig.

Aus dem Stall dringt das dumpfe Muhen Gretas. Ich erkenne ihre rauhe Stimme. Diese Kuh wird laut, wenn sie Hunger hat.

»Wer hat sie nicht gemocht?«, entgegnet Mutter und lässt ein paar Atemzüge verstreichen. »Sie hat unser Leben gerettet, gestern, hat sich für uns geopfert wie Jesus am Kreuz. Man müsste sie heiligsprechen.«

Ich schaue Mutter stirnrunzelnd an, frage mich, ob sie's ernst meint.

»Jetzt guck nicht so! Es gibt ganz bestimmt ein paar Heilige, die für weniger heiliggesprochen worden sind.«

»Du kennst doch gar keine Heiligen.«

»Natürlich! Da gab es einen, der mit seinem Stab einen Lahmen geheilt haben soll. Der heilige Irgendwas! Ha! Mit so einem Zauberstab könnte ich das auch. Oder Gallus, der mit einem Bären gesprochen hat. Kunststück! Das machen wir doch ständig! Und dann natürlich, nicht zu vergessen, die heilige Grosi Marie von Isenthal.«

»Stell dir mal vor«, kichere ich. »Die Heiligenbilder von ihr.«

»Ha!« Mutter hält sich die Hand auf den Mund, denn sie will nicht, dass sie jemand lachen hört. »Krumm, wie sie war.«

»Und nur noch drei Zähne im Maul!«, ergänze ich.

Mutter wird wieder nachdenklich, wischt sich die Tränen mit der Decke aus dem Gesicht.

»Ja, ich habe sie sehr gemocht. Ich hoffe nur, dass Wilhelm ihren Tod verkraftet.«

»Das hoffe ich auch.«

»Vielleicht ist es am besten, wenn wir ihn in die Berge schicken. Da gehört er hin. Meinetwegen kann er dort den Bären hinterherjagen. Wir werden die Arbeit auf dem Hof auch ohne ihn schaffen.«

»Aber das ist gefährlich. Wenn sie ihn wieder auf der Jagd erwischen ...«

»Mag sein. Aber wir haben jetzt eine da oben, die auf uns aufpasst.«

»Das hast du schon gesagt, als Vater gestorben ist.«

»Tja.« Mutter wiegt den Kopf hin und her. »Wahrscheinlich hat er zu tun. Wer hätte gedacht, dass es im Himmel Bäume gibt, die man umtun muss.«

»Ob jeder den Himmel bekommt, den er sich wünscht?«

»Einen winterlichen Holzfällerhimmel für Papa, denkst du? Dann hätte ich gerne einen sommerlichen Blumenwiesenhimmel für mich.«

Bevor ich etwas entgegnen kann, geht die Tür auf, und Wilhelm tritt ins Freie.

»Ich mache den Stall«, brummt er, ohne uns anzusehen. »Schickt Walter zu mir, wenn er aufwacht. Richtet Marie her, damit ich sie nachher ins Tal bringen kann.«

Aloisa versteift sich augenblicklich.

»Und wie willst du Marie ins Tal schaffen, wo doch die Habsburger den Leiterwagen mitgenommen haben?«

Wilhelm weiß es nicht, und darum sagt er nichts.

»Und wir?«, frage auch ich etwas unwirsch. »Glaubst du denn nicht, dass wir dabei sein wollen, wenn Marie begraben wird?«

Wilhelm schüttelt den Kopf.

»Jemand muss auf Lotta aufpassen, und –«

»Wilhelm hat schon recht.« Mutter sagt es kleinmütig. »Der Weg hinunter ins Tal ist die reinste Qual für mich. Vater Taufer wird sich gut um Marie kümmern. Und schließlich haben wir uns letzte Nacht von ihr verabschieden können.«

Wilhelm streift sie mit einem Blick, dann geht er zum Stall, verschwindet im Dunkel. Greta muht ihn vorwurfsvoll an.

Walter

Ich habe geholfen, Grosi Marie auf den Tisch zu hieven. Sie ist schwerer gewesen, als ich erwartet habe. Fast ist sie mir aus den Händen geglitten und zu Boden gegangen, weil ihre schlaffen Glieder so rumgeschlenkert haben. Wird man im Tod schwerer?

Willi hängt an Mutters Rockzipfel und macht große Augen, versteht die Welt nicht mehr. Jetzt, wo er allen Grund hätte zu heulen, staunt er nur.

»Grosi schläft«, sagt Aloisa. »Sie schläft, aber sie wacht nie wieder auf. Sie ist jetzt beim Herrgott. Darum macht euch keine Sorgen. Der Herrgott passt schon auf sie auf.«

Dabei schläft Grosi doch gar nicht. Grosi ist tot! Und Vater ist schuld daran! Er hätte sich glatt mit der Axt auf die Soldaten gestürzt! Und wenn Grosi nicht dazwischengegangen wäre …

Früher habe ich ihn bewundert, auch wenn ich schon immer ein wenig Angst vor ihm gehabt habe. Wieso ist er nicht so wie andere Männer? Vater Taufer etwa oder der Bauer vom Birkihof. Vater gleicht einem Berg. Man kann ihn nicht verrücken, an ihm entladen sich die Gewitter, und er wirft einen langen Schatten. Er lacht nie, und ich glaube, er mag niemanden.

Mutter sagt, dass sein Bruder Peter das pure Gegenteil

von ihm gewesen ist. Leider ist er gestorben, bevor ich auf die Welt gekommen bin. Ich hätte ihn gerne kennengelernt.

»Nimm Willi, und geht nach draußen«, beauftragt mich Großmutter Aloisa, die nicht will, dass wir sie Großmutter nennen. Sie habe schließlich einen Namen. »Helft eurem Vater! Wir müssen Marie waschen, und das ist nichts für Kinderaugen.«

Ich nehme Willi an der Hand und zerre ihn ins Freie. Da stehen wir eine Weile im nassen Gras und versuchen, durch die halbgeöffnete Luke zu gucken, doch bald wird uns kalt, und darum gehen wir in den warmen Kuhstall, wo Vater unter Karla sitzt und schnaubt.

»Halt dem verfluchten Viech den Schwanz fest!«, herrscht er Willi an. Der gehorcht. »Und du …!«

Mehr braucht er nicht zu sagen, denn schon mache ich mit dem Schaber den braunen Fladen weg, den Karla während ihres allmorgendlichen Tänzchens auf den Boden neben Vater hat klatschen lassen.

Vater Taufer

Ich habe gleich gewusst, dass etwas nicht stimmt. Frau Furrer, meine tüchtige Pfrundsfrau, macht ein Gesicht, als habe sie einen Geist gesehen, steht zitternd in der Tür und krächzt:

»Tell.«

Ich lasse meine Schreibfeder aufs Papier fallen und eile ins Freie. Das Schreiben an den Landvogt kann warten.

Wilhelm kommt direkt auf mich zu, verschwitzt, die schwarzen Haare kleben auf seiner Stirn, rahmen seine Augen ein, die meinem Blick ausweichen. Auf den Armen trägt er eine Last, schleppt das Bündel mit letzter Kraft. Ein Leichnam, krumm und eingewickelt in ein altes Tuch. Es ist Marie, seine liebe Mutter. Ein paar Schritte hinter ihm geht Walter. Der lässt den Kopf hängen, als wäre alles seine Schuld. Mein Blick richtet sich unwillkürlich nach oben, mein Herz sinkt.

Oh, du lieber Gott. Wieso?

Ich bleibe wie versteinert stehen und schaue dem mickrigen Trauerzug entgegen. Aus den Augenwinkeln bemerke ich, dass ich längst nicht der Einzige im Dorf bin, der gafft.

Jetzt knickt ihm ein Bein ein. Wilhelm geht in die Knie, er ist am Ende seiner Kräfte. Fast lässt er das Bündel fallen. Ich schrecke aus meiner Starre, eile zu ihm, mein Habit verfängt sich zwischen meinen Beinen, doch ehe Wilhelm seine tote Mutter fallen lässt, bin ich bei ihm, werfe mich vor ihm auf die Knie, fasse zu und hebe das steife Bündel mit ihm hoch. Er lässt seine Mutter nicht los, gibt sie nicht her. Stattdessen steht er mit mir auf, ächzt, ist erleichtert und beleidigt zugleich, dieser stolze Rabauke. Schon wieder stehen wir uns gegenüber, Marie zwischen uns.

Aber jetzt ist sie tot.

»Begrab sie neben Vater«, sagt Wilhelm.

»Ich weiß nicht, wo dein Vater liegt«, gestehe ich und fühle mich erbärmlich. Vater Tell ist schon vor Jahren gestorben, gut möglich, dass neben ihm längst alle Plätze vergeben sind. Vielleicht sogar über ihm.

»Dann begrab sie, wo gerade Platz ist. Einfach so weit weg vom alten Pfaff wie nur möglich, hörst du?«

»Vater Loser?«

»Nicht mal in die Nähe!«

»Wilhelm«, sage ich und versuche, dabei so warmherzig wie möglich zu klingen. »Willst du deine Familie nicht dabeihaben, wenn wir Marie begraben?«

Wilhelm knurrt, wird laut.

»Wie denn? Meine Schwiegermutter kann die Strecke bis ins Tal nicht mehr bewältigen, und die Soldaten haben meinen Leiterwagen gestohlen!«

Die letzten Worte brüllt er fast, als wolle er, dass es alle Leute hören. Sein Sohn Walter steht noch immer hinter ihm und scharrt mit den Füßen auf dem Boden. Aber Tell ist noch nicht fertig. Er flüstert:

»Sie hat einen guten Platz auf dem Friedhof verdient, sie ist schließlich die Einzige gewesen, die –«

Die Leiche in meinen Armen wird immer schwerer.

»Frau Furrer!«, rufe ich über die Schulter. »Fassen Sie bitte mit an!« Und zu Wilhelm gerichtet: »Ich werde Gessler ein Schreiben zukommen lassen, um sicherzugehen, dass die Schuld beglichen ist.«

»Schuld?«, ächzt Wilhelm und schüttelt den Kopf. »Mutter ist tot. Und sie haben mein Fleisch und den Leiterwagen gestohlen!«

»Aber einen Leiterwagen kann man ersetzen. Nimm meinen!«

Jetzt lässt Wilhelm seine Mutter plötzlich los, übergibt mir die ganze Last, so dass mir die Luft ausgeht.

»Frau Furrer!«, presse ich hervor.

Wie ist es ihm nur gelungen, den Leichnam den ganzen Weg bis ins Dorf zu schleppen? Er wendet sich ab, geht auf seinen Sohn zu, sagt ihm etwas, worauf der sich erleichtert Richtung Tellhof davonmacht.

»Was hast du vor, Wilhelm?«, krächze ich, denn ich habe eine böse Ahnung.

Wilhelm dreht sich um, schaut über mich hinweg aufs Tal hinab und knurrt:

»Meinen Leiterwagen holen.«

Birki

Ich muss zweimal hingucken. Wilhelm Tell marschiert an meinem Hof vorbei, als könne ihn nichts und niemand aufhalten.

»Tell!«, rufe ich und renne hinterher. »Himmel Sakrament! Jetzt bleib doch mal stehen!«

Tell dreht sich um und schaut mich ganz überrascht an, als habe ich ihn aus seinen Gedanken gerissen.

»Du lebst!«, rufe ich und komme endlich bei ihm an. Mit Tell muss man behutsam umgehen. »Wie froh ich bin, dass du noch lebst.«

»Wieso denn?«, fragt er mürrisch.

»Weißt du denn nicht, was man sich erzählt? Erst fragen drei Habsburger nach dir, bis an die Zähne bewaffnet, und wollen wissen, wo sie den Tellhof finden. Und dann sieht man sie erst am Abend wieder.«

»Sind sie hier durchgekommen?«

»Aber natürlich, beide Male. Müssen sie ja. Sie haben ein schönes Stück Fleisch bei sich gehabt. Eine Gämse, würde ich meinen.«

»Auf einem Leiterwagen?«

»So ist es, mein Lieber, auf einem Leiterwagen! Und du bist nicht vom Schlag, der denen sein Hab –« Tell geht einfach weiter, schenkt mir keine Beachtung mehr, diese

Wurzel! »Tell! Wohin gehst du eigentlich! Was ist denn passiert?«

»Meinen Leiterwagen holen!«, knurrt Tell.

Ich schaue ihm hinterher. Tell verschwindet in den Tannen, wo der Pfad schmal wird und ins Tobel hinabführt.

Sein Bruder Peter ist jedes Mal für einen Schwatz geblieben, wenn er hier durchgekommen ist. Es hat immer etwas zu lachen mit ihm gegeben. Er ist nie in Eile gewesen, selbst wenn Markttag im Dorf gewesen und die Sonne schon weit über dem Höreli gestanden ist. Es nähme mich ja wunder, was mit Peter da oben in den Bergen passiert ist. Ist er gefallen? Hat ihn ein Stein erschlagen oder eine Lawine begraben? Es gibt viele Möglichkeiten, wie man in den Felsen sterben kann. Darum sollte man da auch nicht hoch.

Heute zieht's Wilhelm bergab, er hat was vor. Seinen Leiterwagen zurückfordern. Hat er einen Riss im Tempel? Weiß er überhaupt, wie die Welt funktioniert? Ich wäre nicht überrascht, wenn ich ihn eben zum letzten Mal gesehen habe. Mit den Habsburgern ist nicht zu spaßen, seit sich dieser Saxer den Kopf zerbrochen hat.

Strobl

Ich hasse diese Tage. Nur Warten und Nichtstun. Die Leute machen einen Bogen um uns, als wären wir Geister, werfen uns unmissverständliche Blicke zu. Wir sind hier nicht willkommen. Spricht man die Frauen an, laufen sie davon, lassen alles stehen und liegen, nehmen nur mit, was sie in der Eile unter den Arm klemmen können. Wenigstens den rotzigen Buben kann man manchmal das eine oder andere Wort entlocken. Aber glaubst du, man würde ihr Kauderwelsch verstehen?

Darum fällt mir der verschwitzte Kerl sofort auf, der aus dem Spalt im Felsen kommt, als käme er aus dem Innern des Berges. Ich werfe einen Kiesel an Klopfensteins Brustpanzer. Der schreckt aus seinem Nickerchen, mault, bemerkt den Kerl auch und ist sofort wach. Wir richten uns auf, stehen stramm. Meine Hand umklammert den Spieß. Endlich passiert was!

Ich versuche zu erkennen, ob der Kerl eine Waffe trägt, sehe aber nichts dergleichen. Bloß ein Bauer. Abrupt bleibt er vor uns stehen, lauernd, völlig furchtlos. Gerade eben ist er mir noch größer vorgekommen, jetzt schaue ich auf ihn runter und kann nur schmunzeln. Er trägt kein Schuhwerk, sein Haar ist zerzaust und etwas verfilzt, mit seinem Bart könnte man ein Kissen stopfen. Er hat Mistflecken an den

Hosen. Aber seine Hände zeugen von harter Arbeit. Seine Arme sind sehnig und kräftig. Die Wärme des vergangenen Sommers glüht noch immer auf seiner Haut.

Das Kerlchen ist nicht zu unterschätzen. Er starrt auf meinen Brustpanzer, als betrachte er sich im Abglanz.

»Was willst du, Bauer?«, frage ich.

»Meinen Leiterwagen«, murrt er.

»Ha!«, ruft Klopfenstein amüsiert.

Wir schauen uns an, denn wir wissen sofort, wer hier vor uns steht: Tell, der Wilderer! Den Leiterwagen mit der Gämse haben wir gestern begutachtet, als Juppjupp mit seiner Bande hier vorbeikam. Wie haben wir gelacht! Ich wünschte, ich wäre dabei gewesen, als Raab der Alten einen Tritt verpasst hat, so dass sie über die Wiese gekullert ist.

»Tja«, sage ich und hoffe, Tell in ein Wortgefecht verstricken zu können. »Wie hat er denn ausgesehen, dein Leiterwagen?«

Tell schaut noch immer auf meinen Brustpanzer. Etwas stimmt mit dem Mann nicht. Seine Augen sind dunkel und schattig, wie man es bei unterernährten Leuten sieht. Es ist ihm bitterernst. Mit den Bergbauern ist einfach nicht zu spaßen.

»Beschreibe uns deinen Leiterwagen«, mischt sich nun Klopfenstein ein. »Es kommen viele Leiterwagen hier durch, weißt du? Große, kleine, neue, alte, solche aus Lärchenholz, andere aus Birnenholz ...«

Tell sagt nichts.

»Du kommst zu spät«, werfe ich jetzt ein, denn ich will den Mann nicht länger provozieren, sondern loswerden. »Juppjupp und seine Männer haben die beschlagnahmte

Ware gestern Abend auf ein Boot geladen und nach Brunnen übergesetzt. Du kommst zu spät, Tell.«

Klopfenstein schaut mich von der Seite an und runzelt die Stirn. Ich zucke nur mit den Schultern. Soll er mich halt schräg angucken.

Tell reagiert nicht.

»Hast du verstanden, Mann?«

Noch immer keine Reaktion. Tell muss das Gesagte wohl erst noch verarbeiten.

»Ist er nicht ganz klar im Kopf?«, murmelt Klopfenstein.

»Tell, hast du mich verstanden? Dein Leiterwagen ist weg. Fort, vorbei, Sache erledigt, verstehst du?«

»Ihr schuldet mir einen Leiterwagen«, knurrt Tell plötzlich.

Ich senke sicherheitshalber meinen Spieß, richte die Spitze auf seine Brust, will ihm klarmachen, dass er am falschen Ende der Stichwaffe ist.

»Ich gebe dir einen wohlgemeinten Rat«, sage ich. »Geh nach Hause.«

»Genau, Mann!«, ruft Klopfenstein. »Verpiss dich, du Drecksbauer!« Auch er richtet seinen Spieß auf den Bauern und wird ganz zappelig.

Tell lässt den Kopf plötzlich hängen, macht ein trauriges Gesicht, als sehe er seine Niederlage endlich ein.

»Peter hat den Leiterwagen gemacht«, sagt er so leise, dass man es fast nicht hört. »Er hat ihn gemacht, und ich kann so was nicht.«

»Bist du taub?«, ruft Klopfenstein und stupft Tell den Spieß an die Brust.

Tell packt den Spieß und hält ihn sich an den Hals, verharrt, als wolle er ihn sich in die Gurgel rammen. Es passiert so plötzlich, dass ich gar nichts tun kann. Doch schon stößt Tell den Spieß mit einem entsetzlichen Laut von sich, und Klopfenstein stolpert nach hinten. Es ist kein menschlicher Laut. So klingt es, wenn man ein Schwert durch ein Stück Blech bohrt. So klingen Hass, Verzweiflung, Enttäuschung und Wut zugleich.

Ich habe Gänsehaut am ganzen Körper, mache mich schon auf einen Kampf gefasst, doch Tell wendet sich ab und marschiert davon. Genau dahin, wo er eben hergekommen ist, verschwindet im Felsen und ist weg.

Birki

Tell! Tell! Jetzt bleib doch mal stehen!«

Wieso bleibt er denn nicht stehen? Hat er mich denn gar nicht bemerkt?

»Herrschaften! Was ist denn jetzt mit dem Leiterwagen? Tell!«

Vater Taufer

Wilhelm, bleib, wo du bist! Ich geb dir einen Becher Milch.«

Wilhelm schaut mich erschrocken an. Er sieht erschöpft aus, doch dann nickt er und kommt zu mir, die Friedhofsmauer zwischen uns.

»Frau Furrer! Bringen Sie uns bitte zwei Becher Milch.«

Die Pfrundsfrau murmelt etwas und verschwindet im Pfarrhaus. Ich schwitze. Meine Hände brennen. Die Schaufel habe ich an die Friedhofsmauer gelehnt.

»Zobrist plagen Rückenschmerzen, darum …«, erkläre ich. Tell schaut ins Loch, das ein paar Schritte entfernt zwischen den Grabhügeln klafft. »Noch ist im Boden kein Frost, aber das kann sich bald ändern.« Mit dem Handrücken wische ich mir über die Stirn, spüre dabei die körnige Erde, die ich mir wohl übers Gesicht geschmiert habe.

»Ich helfe dir«, sagt Wilhelm.

»Ach was!« Ich winke ab. »Ich bin doch schon fast fertig. Und du wirst zu Hause sicher gebraucht.«

Wir verlieren keine weiteren Worte, bis Frau Furrer aus dem Haus kommt und uns zwei Becher Milch überreicht. Dabei schaut sie Tell verstohlen an.

»Wo ist Mutter?«, fragt der und schaut noch immer ins Loch.

»Sie liegt aufgebahrt in der Kirche. Willst du zu ihr?«

Wilhelm sagt nichts, trinkt den Becher bis auf den letzten Tropfen leer und hält ihn der Pfrundsfrau entgegen. Ich beeile mich auch. Es ist Frau Furrer offensichtlich unangenehm, in Wilhelms Nähe zu sein. Meist hat sie keine schmeichelhaften Worte für ihn. Manchmal nennt sie ihn »den Gottlosen«. Mit den Bechern dreht sie sich um und eilt zurück ins Haus, als laufe ihr die Suppe auf dem Feuer über.

»Ich will deine Mutter morgen begraben. Nach dem Mittag. Für heute ist es zu spät.« Tell nickt. »Wilhelm«, sage ich und warte, bis er mich anschaut. »Komm morgen. Bring deine Buben. Sie sollen wissen, wo ihre Großmutter begraben liegt.«

Tell schaut mich länger an, als mir angenehm ist. Als blicke er bis in meine Seele hinein. Er brummt schließlich, dreht sich um und macht sich talaufwärts davon.

Als ich ihn nicht mehr sehe, packe ich die Schaufel und springe zurück ins Grab, stoße die Schaufelspitze mit neuer Kraft in den steinigen Boden. Erst als ich auf Knochen stoße, beende ich mein Tagwerk.

Hedwig

Ich liege wach.

Die Buben teilen mit Aloisa das Großmutterbett, schlafen schon, Lotta liegt dicht neben mir und schnarcht ganz leise. Ich habe mich ihr zugewandt, die Beine angewinkelt, meinen Körper schützend um sie.

Ein Ruck geht durchs Gebälk, jemand betritt das Haus, versucht, es leise zu machen, aber die knarrenden Dielen sind verräterisch.

»Wilhelm?«, höre ich Mutter fragen, und darauf ein Brummen, das nur Wilhelm gehören kann.

Wenig später stößt er die Zimmertür auf, macht sie hinter sich wieder zu, bleibt eine Weile reglos stehen, vielleicht, weil sich seine Augen an die Dunkelheit gewöhnen müssen. Dann zieht er sich aus. Ich rieche ihn. Er hat geschwitzt. Er legt sich neben mich ins Bett, deckt sich zu, atmet gepresst aus, lange. Sein Arm berührt meinen Rücken, kurz nur, doch die Berührung lässt mich erzittern. Seine Haut ist feucht und warm und klebrig. Wilhelm atmet noch einige Male tief durch, dann macht er plötzlich keinen Mucks mehr.

Wenn jemand lautlos weint, hört man das.

»Halte mich fest«, flüstere ich.

Wilhelm versteift sich, schnieft ertappt. Er hat wohl geglaubt, dass ich schon schlafe. Ich rutsche etwas näher an ihn heran, drehe mich jedoch nicht um. Wilhelm legt seinen Arm über meine Brust und drückt mich an sich.

»Küss mich«, sage ich leise.

Wilhelm küsst mich auf den Hals, ich spüre den sperrigen Bart, aber seine Lippen sind weich. Ich bewege mein Gesäß, schmiege es in seinen Schoß, spüre sein Glied. Wilhelm atmet tief und drückt mich fester an sich. Es ist ein lautloser Tanz, ich will nicht, dass es jemand hört.

Wir schlafen miteinander, ohne uns anzuschauen.

Wieso will ich ihn gerade jetzt in mir spüren, ihn, der die ganze Tragödie verschuldet hat? Wieso will ich, dass er sich in mir ergießt, obwohl die Zukunft düster ist?

Es ist das erste Mal seit einem guten Jahr, dass wir miteinander schlafen. Ich könnte schwanger werden. Doch vielleicht ist es unser Einssein, mit dem wir uns trotzig gegen das Schicksal stemmen. Uns aufbäumen. Umschlungen. Diesen Winter überleben wir nur, wenn wir uns gegenseitig wärmen.

Darum will ich ihn bei mir. In mir.

Walter

Ich wache schon vor Sonnenaufgang auf. Es ist zwar noch dunkel, aber ich spüre, dass es bald Tag wird. Das Feuer ist erkaltet, von draußen dringt Stille durch die Wände. So still ist es nur kurz vor dem Morgengrauen.

Das Bett mit Aloisa und Willi zu teilen ist keine gute Idee gewesen. Willi hat sich in der Mitte breitgemacht, liegt inzwischen fast quer. Sein Kopf ruht auf Aloisas Brust, mit den Beinen hat er immer wieder nach mir getreten, so dass ich einmal fast aus dem Bett gefallen bin.

Ich setze mich auf den Bettrand, gähne, recke die Arme und schaue noch einmal über die Schulter auf die Schlafenden. Seufzend decke ich Willi zu. Warum fällt es mir so schwer, ihm böse zu sein? Er hätte Prügel verdient. Aber ich kann diesem verwöhnten Knirps einfach nichts nachtragen. Er ist nun mal mein kleiner Bruder.

Ich taste mich zur Feuerstelle. Die Steine sind fast kalt, doch es gibt noch Glut. Behutsam staple ich Holzspäne auf die Asche, Reisig obendrauf, blase sacht in die Glut. Sie leuchtet mit jedem Atemstoß auf. So stelle ich mir ein Herz vor, das schlägt.

Das warme Licht fällt auf die schwarze Mauer, auf die Töpfe daneben und wahrscheinlich auch auf mein Gesicht. Ich sehe meinen Atem. Ich frage mich, wie ich wohl aussehe. In meiner Familie reden sie darüber, wie schnell ich wachse. Ich müsse aufpassen, denn bald mache mein Kopf mit dem Gebälk Bekanntschaft. Wenn ich so weiterwachse, sehe ich bald über den Schlieren hinaus, scherzen sie. Sie vermuten, dass ich in ein oder zwei Jahren sogar größer als Vater sein werde. Mein Onkel Peter sei auch ein Langer gewesen, hat Grosi Marie einmal erzählt, und dann ist sie jäh verstummt.

Jetzt gibt es sie nicht mehr. Ich versuche, nicht an sie zu denken, an ihren schrecklichen Tod, sondern konzentriere mich auf die Glut, die Holzspäne, die nun Flammen schlagen.

Vater Taufer hat einen Spiegel. Darin kann man sich betrachten, besser als in jeder Regenpfütze. Ob ich noch immer gleich aussehe? Die Flammen züngeln zwischen dem Reisig empor, es beginnt zu knistern. Feuer ist Leben. Feuer ist Zerstörung. Die Schatten der vom Rauchfang baumelnden Töpfe tanzen an der Mauer. Aloisa dreht sich im Bett, weg vom Licht, weg von Willi. Der schmiegt sich sogleich an ihren Rücken und murmelt im Schlaf. Ich lege ein Holzscheit aufs Reisig, spüre die wohltuende Wärme an meinen Händen, halte sie über die Flammen. Trotzdem wird mir kalt.

Soll ich noch eine Weile unter die warme Decke kriechen, bis das Feuer das Hütteninnere erwärmt hat? Ich lege weitere Scheite aufs Feuer und ziehe mich an. Als ich Wasser aus dem Krug in den Topf leeren und ihn übers Feuer hängen will, bemerke ich die gefrorene Wasseroberfläche. Ich greife hinein und versuche, den rutschigen Deckel zu fassen. Ob sich das Eis für einen Spiegel eignet? Ich schütte

Wasser in den Topf, dann gebe ich die runde Eisscheibe, die nicht zum Spiegel taugt, dazu.

Behutsam öffne ich die Tür und stecke den Kopf in die eiskalte Morgenluft. Ich will den Krug mit frischem Wasser füllen. Hoffentlich hockt kein Bär auf der Wiese. Doch alles ist still und reglos. Bären wandern. Bären machen Winterschlaf. Wir Menschen bleiben an Ort und Stelle.

Es ist heller, als ich vermutet habe. Auf den Wiesen liegt dicker Frost, fast wie Schnee, aber kälter. Diese Stille ist wie starr gefroren. Nur die Raben sitzen auf den Tannenspitzen, sind aber auch noch nicht gesprächig.

Mutter steht am Feuer und wärmt sich. Als ich mich zu ihr geselle, lächelt sie und drückt mich an sich, stellt sich dabei auf die Zehenspitzen und legt ihr Kinn auf meinen Kopf. Wenn ich mich klein mache, geht das noch. Wieder muss ich daran denken, dass Grosi Marie gestorben ist. Und jetzt bin ich froh, dass Mutter mich festhält. Sie küsst mich auf die Stirn und reibt mir über den Rücken.

»Tüchtiger junger Mann«, sagt sie.

Ich sage nichts, will den Moment nicht kaputtmachen. Wir stehen am Feuer, bis uns wirklich warm wird und das Tageslicht durch die Ritzen dringt.

Nun wälzt sich Aloisa aus dem Bett, starrt eine Weile auf Willi, der mit offenem Mund neben ihr liegt und schnarcht.

»Wildfang«, knurrt sie. Sie richtet sich ächzend auf, unterdrückt ein Stöhnen, klettert mit steifen Gliedern aus dem Bett und zieht sich an.

»Wie geht's dir?«, fragt Mutter, aber Aloisa brummt nur. Es geht ihr also nicht gut.

Und jetzt fängt der Tag plötzlich an, denn Lotta beginnt

zu weinen. Mutter gibt mir einen letzten Kuss auf die Stirn und geht ins Schlafzimmer, um meine Schwester zu stillen. Kurz darauf tritt Vater in die Stube, verschlafen, zerzaust. Doch er ist nicht mehr so gebückt wie gestern. Hat er den Leiterwagen zurückbekommen? Ich wage nicht, ihn danach zu fragen. Er schüttet Wasser aus dem Krug in einen Becher, trinkt ihn leer, stellt sich neben mich ans Feuer, reibt sich die Hände, hält sie den Flammen entgegen, kurz nur, ein paar Atemzüge nur, mehr braucht er nicht, um warm zu werden. Er tritt ans Großmutterbett und betrachtet Willi.

»Lasst ihn schlafen«, sagt er. »Ich geh in den Stall. Du kommst mit mir, Walter.«

Hedwig

Nach der Stallarbeit sitzt die ganze Familie am Tisch. Marie fehlt, ihr Stuhl bleibt leer. Der Anblick, auch wenn es nur ein leerer Stuhl ist, ist fast nicht zu ertragen.

Wilhelm und Walter sind hungrig, essen schweigend. Wilhelm hat Käse und eine Wurst aufgeschnitten, warme Milch dampft aus allen Bechern.

»Können wir uns das leisten?«, frage ich ihn leise.

»Es ist unser Trauermahl«, sagt er dunkel.

Der kleine Willi spricht das Tischgebet, unaufgefordert, klettert auf den Stuhl und steht stramm.

»Lieber Herrgott da oben im Himmel«, sagt er und schaut an die Stubendecke. Seine Hände hat er so heftig gefaltet, dass man Angst haben muss, er drücke sich noch das Blut in den Fingern ab.

Grosi Marie hat ihn beten gelehrt. Ich wünsche mir so sehr, dass sie mithört.

»Lieber Gott, Grosi ist jetzt bei dir, und das ist ganz, ganz schlimm. Wir sind traurig und gar nicht glücklich, dass du sie zu dir geholt hast. Wieso eigentlich? Sie ist doch nur umgefallen! Ich bin ja auch schon ein paarmal umgefallen, aber noch nie gestorben deswegen.« Willi zuckt mit den Schultern. »Du musst jetzt auf sie aufpassen, und sie mag es übrigens nicht, wenn man zu nahe am Feuer vorbeirennt oder wenn man Lotta zu lange hochhebt oder wenn es regnet oder donnert oder wenn man laut ist oder wenn man den Hühnern hinterherjagt oder wenn man sich schmutzig ins Bett legt oder wie ein Schwein isst. Amen.«

Willi will wissen, wieso wir alle weinen, worauf wir lachen müssen, aber eben auch weinen, alles zusammen. Ich beobachte Wilhelm verstohlen. Er kaut und starrt auf den Teller, doch auch er wischt sich flüchtig die Tränen aus dem Gesicht.

»Ich gehe mit den Buben ins Tal«, teilt er uns nach dem Essen mit. »Mutter wird nach dem Mittag begraben. Taufer hat es gesagt.«

Ich bin erleichtert, denn Wilhelm scheint sich mit dem Tod seiner Mutter abgefunden zu haben. Aber Aloisa ist beleidigt.

»Richte Marie meine Grüße aus«, sagt sie und steht abrupt vom Tisch auf, humpelt zum Bett und legt sich nieder.

Arme Mutter. Sie hätte Marie bestimmt begleiten wollen. Vielleicht ist ihr klargeworden, dass sie den Hüttenboden nie wieder lebend verlassen wird.

Frau Furrer

Ich bin mir eigentlich sicher gewesen, dass Tell nicht kommen würde. Doch Vater Taufer hat geantwortet, er würde die Hoffnung nicht fahren lassen, Tell sei bestimmt unterwegs, denn auch unter der dicksten Haut befände sich meistens ein Herz, wir sollten mit der Bestattung zuwarten. Und jetzt schauen wir tatsächlich Tell und seinen beiden Söhnen entgegen, wie sie in der prallen Herbstsonne schweigend die Gasse hinunter direkt auf die Kirche zukommen. Ich werfe Vater Taufer einen Blick zu, und er erwidert ihn triumphierend, als wäre es ihm gelungen, diesen Heiden zum Christenglauben zu bekehren.

»Lass die Glocken läuten!«, sagt er feierlich.

Na gut. Wieso nicht. Ich steige in den Kirchturm und ziehe kräftig am Seil. Das mache ich für die gute Marie, ganz sicher nicht für Wilhelm, und als ich fertig bin, hat sich sogar eine kleine Schar Dorfbewohner am offenen Grab versammelt. Schließlich ist Marie fast immer zum Gottesdienst erschienen und im Dorf beliebt gewesen. Sie ist ja überhaupt die Einzige vom Tellhof gewesen, mit der man sich hat unterhalten können.

Tell und seine Söhne stehen am Grabrand, starren auf das in Tücher gewickelte krumme Bündel. Die Buben weinen, aber in Tells Gesicht ist nicht die kleinste Gefühlsregung auszumachen. Er starrt nur hinunter ins Loch, lässt die Arme hängen, hat nicht einmal die Hände zum Gebet gefaltet, wie es Vater Taufer eben von uns verlangt hat. Er steht einfach nur da und vergießt keine einzige Träne! Nicht nur ich beobachte Tell, fast bezweifle ich, dass überhaupt jemand den Worten von Vater Taufer Beachtung schenkt.

Kaum hat er seinen Segen erteilt, greift Tell zur Schaufel, die im Erdhaufen steckt, muss dabei Annaliese wegstoßen, die mich ganz empört anguckt, als erwarte sie von mir, dass ich einschreite, etwas sage. Aber ich schüttle nur unmerklich den Kopf. Wir werden uns später ausführlich über diesen Tell unterhalten.

»Wilhelm«, sagt Vater Taufer und legt ihm seine Hand auf die Schulter. »Ich kann mich darum kümmern.«

Doch Tell reagiert nicht, stößt die Schaufel kräftig in den Haufen und lässt Erde auf seine Mutter prasseln. Er keucht, das Gesicht ist verzerrt, aber es ist die Anstrengung. Es ist die Wut. Er deckt seine Mutter mit der schweren Erde zu, als hätte er es eilig, während seine Söhne hilflos neben ihm stehen und die Köpfe so sehr gesenkt haben, dass ihre Tränen wie Regen auf den Boden tropfen.

Harras

Ein Klopfen an der Tür unterbricht mich mitten im Akt. »Was ist?«, rufe ich und drücke meine Hand auf das Gesicht des Mädchens.

»Ein Schreiben, Herr!«, tönt es dumpf durch die Tür.

Ich fluche genervt, wälze mich vom nackten Körper des Mädchens und reiße die Tür auf.

»Von wem?«

Der Bote sieht mich entsetzt an, versucht dabei, nicht an mir runterzuschauen. Es gelingt ihm nicht.

»Ein Sch-Schreiben von Vater Taufer aus, ähm, aus Isenthal«, stottert er. »Es ist, nun ja, eigentlich für den Landvogt.«

Ich grinse. Der Idiot hat an die falsche Tür geklopft.

»Her damit!« Der Bote versteift sich noch mehr, hält das versiegelte Schreiben fest an die Brust gedrückt und macht keine Anstalten, es mir zu überreichen. Ich unterdrücke den Impuls, ihn am Kragen zu packen, und flöte: »Ich werde persönlich dafür sorgen, dass Gessler das Schreiben sofort bekommt und natürlich liest. Weißt du überhaupt, wer ich bin?«

Der Bote nickt und wird bleich.

»Sie sind der Harras«, sagt er.

»Korrekt«, sage ich und strecke meine Hand nach dem Schreiben aus.

Der Bote sackt ein wenig in sich zusammen und über-reicht es mir, bleibt aber unentschlossen vor mir stehen. Wahrscheinlich hofft er auf eine Entlohnung. Ich lache und taste meinen nackten Körper ab, Brust, Hüften und Hoden, als suche ich einen Geldbeutel. Jetzt wird der Bote knallrot im Gesicht und hebt die Hände.

»Passt schon«, sagt er, dreht sich flink auf dem Absatz um und macht sich davon.

Ich werfe die Tür hinter ihm zu und trete an die Feuer-stelle. Das Mädchen liegt reglos im Bett, die Beine noch immer gespreizt, den Blick an die Decke gerichtet.

Tells Schuld sei beglichen, steht im Schreiben. Seine Mutter habe mit dem Leben bezahlt.

Ich weiß nicht, ob ich lachen oder fluchen soll. Raabs Tritt hat also tödliche Folgen gehabt. Immerhin. Die Glut in der Feuerstelle flammt auf, als freue sie sich über das zer-knüllte Schreiben. Das Siegel schmilzt bald, zieht Fäden, tropft auf die Kohle und verbreitet einen süßlichen Geruch im Raum.

Gessler

Ich entfalte das Schreiben, lese es zum wiederholten Male. Im Burghof brüllen die Soldaten. Harras hat sich zu ihnen gesellt, ist aus unerklärlichem Grund gut gelaunt. Er versteht sich ausgezeichnet mit den Männern, auch wenn er manchmal brutal mit ihnen umgeht. Sie respektieren ihn. Gerade vertreiben sie sich die Zeit mit dummen Mutproben. Ich will nicht hinsehen, bleibe lieber in meiner Kammer und lese die Briefe meiner Frau.

Mein liebster Hermann

Deine Tochter hat sich erkältet. Sie hat eine verstopfte Nase und Husten, weshalb sie immer wieder aufwacht und ich fast keinen Schlaf bekomme. Ich befürchte, es ist meine Schuld. Ich hätte nicht mit ihr im Schnee spielen sollen. Dein Vater erweist sich einmal mehr als Lebensretter. Es ist mir bestimmt anzusehen, dass ich die ganze Nacht kein Auge zugetan habe.

Mein Vater, der Lebensretter.

Ich seufze.

»Doch, doch!«, brüllt es von draußen. »Zwanzig Schritte! Das ist die Regel!«

Die Männer johlen. Sie machen wohl wieder ihre Zielübungen. Jeder muss die primitive Mutprobe bestehen, sonst wird er verhöhnt oder sogar von seinen Kameraden verprügelt. Die Brutalität meiner Männer stößt mich ab. Je weiter man sich von der Reichmitte entfernt, desto ungesitteter verhalten sie sich, verrückter, erbärmlicher.

»Halt still, du verdammter Esel!«, brüllt derselbe.

Ist es Harras? Ich werfe nun doch einen Blick aus dem Fenster. Es ist Harras. Er ist zwanzig Schritte von Häsi entfernt, der wie versteinert an der Stallwand steht und einen Apfel auf dem Kopf balanciert, die Arme fest an die Brust gepresst, die Augen zugekniffen, das Gesicht verzerrt. Harras richtet die gespannte Armbrust auf ihn, schwenkt sie hin und her, als sei er betrunken.

Das geht zu weit.

»Harras!«, brülle ich aus dem Fenster. Alle blicken hoch, sogar Häsi, der den Apfel jetzt mit der Hand auf seinem Kopf festhält. »Ich brauche meine Soldaten lebend!«

»Jawohl!«, sagt Harras und versteckt die Armbrust hinter seinem Rücken, deutet sogar eine kleine Verbeugung an.

Die Männer lachen unterdrückt. Ich werde rot und setze mich wieder an den Tisch. Das Schreiben meiner Frau zittert in meiner Hand.

Jetzt jubeln die Männer. Harras hat den Apfel getroffen. Häsi lebt.

Er hat anerboten, sich in den frühen Morgenstunden um unsere Tochter zu kümmern, so dass ich doch noch zu ein paar Stunden Schlaf gekommen bin. Ich bin immer wieder überrascht, wie liebevoll dein Vater ist – überhaupt nicht so, wie du ihn mir damals be-

*schrieben und mich vor ihm gewarnt hast. Wenn ihn
seine Enkelin braucht, lässt er alles stehen und liegen.
Ich glaube, er hat es sich zur militärischen Aufgabe gemacht, deine Tochter zu beschützen.*

Ich muss an den Bergbauern und seinen Sohn denken, denen ich in den Felsen begegnet bin. Sie waren eine Einheit,
bewegten sich, als seien sie ein und derselbe Mensch.

Ich beneide sie.

Auch ich ging einst mit meinem Vater an den Flanken
des Hochkönigs wandern, bevor er auf die Schlachtfelder
berufen wurde. Als er wieder nach Hause kam, holte er so
einiges in Sachen Erziehung nach. Er zwang uns seine mili-
tärische Disziplin auf und brachte von den Schlachtfeldern
lediglich Unmut und Jähzorn mit, Dämonen und Teufel.

Ich wünsche mir, in ein paar Jahren wie der Bauer und
sein Sohn die Berge mit meiner Tochter zu bewandern,
Gämsen und Steinböcke zu beobachten, Murmeltiere zu
erschrecken, weit oben, dem Herrgott so nahe wie nirgendwo sonst.

»Du bist dran, Harras!«, ruft es jetzt von draußen.

»Schon wieder?«, gibt er zur Antwort.

Angeber.

Ich presse den Brief an mein Gesicht, als presse ich mein
Gesicht in den Schoß meiner Frau, rieche aber nichts als
Fasern und Tinte.

Kapitel 4

»Dann stößt sie sich ab und fliegt.«

Hedwig

Der Winter kommt. Der Boden ist hart, die Eisschicht im Brunnen wird immer dicker. Die Sonne blitzt nur noch kurz zwischen den Berggipfeln auf, die langen Winterschatten haben uns erreicht. Da, wo keine Sonnenstrahlen hinreichen, bleibt der Reif liegen.

Wenn ich in die Vorratskammer blicke, stockt mir der Atem. Wenigstens werden wir nicht erfrieren, denn Holz haben wir genug. Vielleicht werden wir die Knaben ins Dorf schicken müssen, um welches zu verkaufen. Vater Taufer hat ein großes kaltes Haus aus Stein, er muss ständig einfeuern. Doch uns fehlt der Leiterwagen, um das Holz ins Tal zu schaffen. Mit dem Winter kommt der Schnee, dann können wir das Holz mit dem Schlitten fahren.

Ich spreche Wilhelm nach getaner Stallarbeit darauf an. Er nickt und stochert in der Breischale, sagt aber nichts. Ich weiß, dass er auf die Jagd will. Für ihn ist es die Lösung aller Probleme. Grosi Marie hätte vielleicht gewusst, was zu tun gewesen wäre. Sie fehlt mir, sie fehlt uns.

»Wir könnten versuchen, eine Kuh zu verkaufen«, schlage ich vor. »Karla zum Beispiel. Grob würde sie uns bestimmt abnehmen, er hat sich doch mit Peter immer gut verstanden.«

»Grob«, sagt Wilhelm, als wär's ein Fluchwort. »Der ist in Altdorf.«

Ich habe meine Argumente:

»Bei dieser Kälte über den Pass nach Emmetten oder Engelberg wandern ist auch gefährlich. Und wenn wir die Kuh nach Altdorf schaffen, können wir mit dem Geld bei Gusti Hafermehl kaufen. Das bringt uns wenigstens durch den Winter. Greta müsste bald stierig sein, und wenn sie uns ein Kuhkalb schenkt, sind wir in spätestens zwei Wintern wieder auf gutem Weg.«

»Zwei Winter«, brummt Wilhelm, als habe er so lange nicht mehr zu leben. Doch er nickt, schaut mich sogar an, dann betrachtet er die Kinder, Willi und Walter, die mit Lotta am Feuer sitzen und spielen. Aloisa, die im Bett liegt, hat zugehört.

»Walter nimmst du mit!«, sagt sie.

Walter schaut seinen Vater mit großen Augen an, wartet gespannt die Antwort ab. Er hat also auch zugehört. Wilhelm denkt nach, knetet seine Hände, dann murrt er:

»Ich kann das allein.«

»Das wissen wir!«, sagt Aloisa, als hätte sie mit seiner Absage gerechnet. »Aber jemand muss auf deine Vernunft aufpassen.«

»Ich geh auch mit!«, ruft Willi.

Ein ungutes Gefühl beschleicht mich.

Walter

Wir gehen auf den Markt! Ein Gefühl kitzelt mich im Bauch, ein Drücken und Zerren, ein Kribbeln, kaum auszuhalten. Ich freue und fürchte mich zugleich. Wir gehen auf den Markt!

Noch vor Tagesanbruch sind wir aufgestanden, haben die drei Kühe fast im Finstern gemolken, schweigend in die Dunkelheit hineingelauscht und unsere Arbeit so schnell wie möglich verrichtet. Wir haben die Tiere ordentlich gefüttert, und Karla haben wir gestriegelt und gebürstet, bis ihr braunes Fell im ersten Tageslicht braungolden geschimmert hat. Sie hat gemerkt, dass heute kein gewöhnlicher Tag ist, so, wie sie getänzelt und nervös mit der Haut gezuckt, sich nach mir umgedreht und den Kopf nach mir geworfen hat, als habe sie versucht, mich und meine Bürste zu verscheuchen.

Ebenfalls schweigend haben wir unseren Brei am Feuer gelöffelt, den Mutter in aller Herrgottsfrüh für uns zubereitet hat. Sie hat zweimal nachgeschöpft, bis mir fast der Bauch geplatzt ist. Dann hat sie uns Buben so fest umarmt, als habe sie befürchtet, uns für lange Zeit nicht mehr zu sehen. Vater hat sie nicht umarmt. Sie haben sich nur kurz angeschaut.

»Du passt auf meine Buben auf, Wilhelm, hörst du?«, hat uns Aloisa hinterhergerufen.

Wir gehen auf den Markt!

Karla will aber nicht. Sie wirft den Kopf hin und her, zerrt heftig am Seil, das ihr Vater umgebunden hat.

»Komm jetzt, du verfluchtes Biest«, murrt er.

»Hüh!«, ruft Willi mit schriller Kinderstimme und schlägt Karla mit seiner Haselrute auf den Hintern.

Ich halte Karla am Schwanz fest, zerre ihn auf ihren Rücken und ziehe ihn in Richtung Tal. Wir sind noch immer keine zwei Steinwürfe vom Stall entfernt, stehen wie festgemacht auf der Wiese. Das erste Tageslicht schimmert am Grat, unten im Tal liegt dicker Nebel, als plötzlich Gretas Muhen aus dem Stall dröhnt, dass die Wände zittern. Karla setzt sich so unerwartet in Bewegung, hätte ich mich nicht stolpernd an ihr festgehalten, wäre ich hingefallen. Doch ich rapple mich auf, und der lange Marsch beginnt.

Karla muht noch einige Male, gibt Greta Antwort, die angebunden im Stall zurückbleibt. Sie ist Karlas Mutter. Willi weiß das nicht. Er schlägt der Kuh noch immer auf die Hinterbeine, will eine große Hilfe sein, damit Vater ihn nicht wieder nach Hause schickt.

»Hör jetzt auf, Willi«, sage ich. »Sie läuft ja.«

Frau Furrer

Es jagt mir jedes Mal einen Schauder über den Rücken, wenn ich diesen Burschen zu Gesicht bekomme. Wie aus dem Nichts ist Tell mit der Kuh und seinen zwei Buben aus dem Nebel aufgetaucht. Ich bekreuzige mich, als sie stumm und bedrückt wie Geister an der Kirche vorbeimarschieren, verstohlene Blicke über die Friedhofsmauer zu Maries Grab werfen.

Soll ich Vater Taufer Bescheid geben? Er sitzt noch im Nachthemd in der Kammer und ist in seine Bibel vertieft. Tell hält die Kuh mit festem Griff am Seil. Er lässt sich sowieso nicht aufhalten. Ich werde es Vater Taufer beim Mittagessen erzählen. Er nimmt es sich immer so zu Herzen, wenn seine Schäfchen in Not geraten. Besser, wenn er nicht alles sofort erfährt.

Die Knaben bemerken mich, wie ich an der Friedhofsmauer stehe und sie beobachte.

»Grüezi!«, ruft der Kleine keck. Er hält seine Haselrute geschultert, als wär's ein Spieß, als sei er der Anführer des kleinen Tell-Trupps.

Der Größere blickt traurig an mir vorbei zu den Gräbern.

»Grüezi, Frau Furrer«, sagt auch er und nickt mir verlegen zu.

Ich bin nun doch etwas überrumpelt, habe nicht gewusst, dass Walter meinen Namen kennt. Ich wende mich schnell ab, als müsste ich wohin, gehe auf die andere Seite der Kirche, luge verstohlen hinter dem Kirchenschiff hervor und schaue der Familie hinterher, bis sie wieder im Nebel verschwunden ist. Oder habe ich doch nur Geister gesehen? Es kommt mir vor, als hefte der Tod an ihnen.

Ich beginne zu schlottern. Es ist blauer Nebel. Er bedeutet Kälte. Er bedeutet Schnee.

Walter

Schade, dass uns der Birki-Bauer nicht aufhält, denn meistens lässt er keinen ohne einen Schwatz an seinem Hof vorbei. Er erzählt immer so lustige Geschichten. Aber niemand ist zu sehen, vielleicht ist er gar nicht zu Hause, und darum steigen wir ohne Rast ins Tobel ein. Jetzt kommen wir nur langsam voran, der schmale Pfad ist glitschig, der Bach rauscht laut. Endlich bemerkt auch Vater, dass Willi immer weiter zurückfällt und die Haselrute hinter sich herschleift. Er bleibt stehen, Karla auch. Sie hat sich ihrem Schicksal gefügt und jeglichen Widerstand aufgegeben.

»Am See machen wir Rast«, ruft Vater.

Willi reckt den Hals, doch wir stecken noch immer im dicken Nebel und erkennen nur knapp die Tannen an der gegenüberliegenden Seite der Schlucht. Den See könnten wir von hier aus sowieso nicht sehen, darum sage ich:

»Nicht mehr weit, Willi. Gleich kommt der Spalt.«

Kurz darauf erreichen wir den Felsen, der vor langer Zeit entzweigebrochen ist. Man sagt, ein Blitz habe ihn getroffen, als der Teufel auf ihm gehockt hat. Karla bleibt zwischen den Felswänden stehen, weigert sich, weiter durch den Stein zu gehen, und Willis Haselrute wird wieder gebraucht. Wenn uns jetzt jemand entgegenkommen sollte, selbst wenn es der Teufel wäre, müsste er umkehren oder über die dumme Kuh hinwegklettern.

Erleichtert treten wir aus dem Felsen ans Seeufer. Auch ich brauche jetzt eine Pause. Den Nebel haben wir über uns gelassen, doch er hängt so tief überm See, dass man Willis Haselrute hineinstechen könnte. Kein Laut. Die Ufer sind bewaldet und fallen so steil in den See ab, dass ich mich frage, ob der Wald unter dem Wasserspiegel einfach weitergeht.

Vater hält sein Versprechen. Erst lässt er Karla aus dem See trinken, dann bindet er sie an einen dünnen Apfelbaum, der von braunem Gras umgeben ist. Karla schnuppert den Boden ab und findet sogar einen kleinen, schrumpeligen Apfel. Besorgt schaut Vater sich um. Meistens gibt es hier Soldaten, aber heute müssen sie wahrscheinlich anderswo Wache halten.

Vater setzt sich erleichtert auf einen Stein und fischt ein Stück Käse aus der Tasche. Erst schneidet er mit dem Messer eine Scheibe für Willi ab, dann für sich, und schließlich für mich. Es ist das kleinste Stück, und es schmeckt mir nicht. Ich trete nah ans Wasser und lasse flache Steine über die Oberfläche hüpfen.

»Wie machst du das?«, fragt Willi mit vollem Mund und kommt zu mir.

Ich zeige ihm, welche Steine sich am besten eignen, wie man sie festhält und mit einer schnellen Armbewegung auf die Wasseroberfläche schnellen lässt, nämlich so. Aber Willis Steine platschen viel zu steil aufs Wasser, gehen mit einem Spritzer unter und machen keinen einzigen Hüpfer.

»Man muss lange üben«, erkläre ich ihm, denn wie immer ist er beleidigt.

Aber das vergisst er sofort, als aus der Ferne ein Ruderboot direkt auf uns zusteuert.

»Da!«, ruft er.

Vater springt nervös auf die Füße und kneift die Augen zusammen, doch es sind zum Glück keine Soldaten im Boot. Ich erkenne den Bauern vom Birkihof und weiß jetzt, warum er nicht zu Hause gewesen ist. Die anderen Männer habe ich auch schon mal gesehen. Sie legen am Steg an und laden ab. Der Birki-Bauer winkt uns zu sich.

»Passt auf Karla auf«, sagt Vater und lässt uns mit der Kuh zurück. Leider kann ich nicht verstehen, worüber die Männer sich unterhalten. Bald kommt Vater zurück, bindet Karla los und führt sie wortlos zum Steg. Willi und ich folgen. Die Männer nicken uns zu, packen zusammen und machen sich auf den Weg. Zurück bleibt der Birki-Bauer, der breitbeinig auf dem Boot steht und strahlt, als freue er sich, uns alle zu sehen.

»Herrschaften!«, ruft er. »Wie die wachsen!« Er meint mich und Willi. »Wie heißt du, und wie alt bist du?«, fragt er Willi, doch der tut so, als habe er ihn nicht gehört.

Also muss ich es ihm sagen.

»Und wie alt bist du schon, Walter?«, fragt er mich, und ich gebe ihm Antwort, wie es sich gehört. »Bald ein ganzer Mann!«, stellt er zufrieden fest, und ich werde rot. »Und wen führt ihr da mit euch?«

»Das ist Karla!«, sagt Willi. Er kann also plötzlich wieder reden.

»Soso, Karla heißt die Gute.« Und zu Vater gewandt: »Für diesen Zwerg kriegst du höchstens dreißig, vielleicht fünfunddreißig.«

»Hm«, brummt Vater, so, als interessiere ihn die Schätzung des Birki-Bauern nicht.

Dann geht's zur Sache. Wir zurren das Boot mit Stricken am Steg fest, der Birki-Bauer und Vater versuchen, die Kuh am Strick und an den Hörnern aufs Boot zu ziehen, Willi schlägt mit der Haselrute auf ihre Hinterbeine, ich schiebe. Karla scheißt auf den Steg, und darum gönnen wir ihr eine kleine Pause.

»Da haben wir noch mal Glück gehabt!«, freut sich der Birki-Bauer. »Muss sonst noch wer?«

Beim zweiten Anlauf gelingt es. Karla prescht plötzlich vorwärts und stolpert ins Boot. Sie schnaubt nervös, ihre Haut zittert, das Boot schaukelt bedenklich, aber die Kuh kommt breitbeinig auf den Planken zu stehen, den Kopf gesenkt.

»Sooo, hmmm!«, sagt der Birki-Bauer mit gewollt tiefer Stimme. So redet man wohl mit Kühen. »Sooo, geht ja.«

Karla hat die Augen weit aufgerissen, doch sie steht still. Ich bekomme den Auftrag, sie am Strick festzuhalten, Willi darf sich ganz vorne hinsetzen, und Vater und der Birki-Bauer rudern. Karla reißt zwar einige Male am Strick, versucht, den Kopf hin- und herzuwerfen, doch ich halte sie fest.

»Dann mal los!«

Birki

Um den Tellhof scheint es nicht gut zu stehen, das sieht man schon der Kuh an. Na ja, zum Glück! Wäre sie nicht mager und klein, würden uns beim Rudern die Arme abfallen. Die Gubeli-Brüder hätten uns ruhig helfen können. Dabei habe ich Erika versprochen, sofort nach Hause zu kommen. Sie wird keine Freude haben, wenn sie hört, dass ich zweimal übern See gerudert bin. Ich habe einen ganzen Sack voll Zwiebeln gekauft, sogar eine Hanftinktur von der Häldeli-Hexe habe ich mir aufschwatzen lassen, aber Erika muss ihre Schmerzen noch eine kleine Weile ertragen.

Wenigstens lerne ich die Tell-Buben so ein wenig besser kennen. Walter ist schon fast so groß wie sein Vater. In ein, zwei Jahren wird er ihn überragen, das sieht man an seinen Füßen. Auch die Stimme ist kurz vor dem Bruch. Aber seine Augen sind Peters Augen. Peter ist etwa so lange tot, wie Walter lebt. Das sagt doch alles!

Der Kleinere dagegen, Willi, der ist seinem Vater wie aus dem Gesicht geschnitten. Hat auch seine Art. Er starrt aufs Wasser und träumt. Walter dagegen lässt die Kuh nicht aus den Augen, hält sie fest. Auf ihn ist Verlass. Hin und wieder zerrt die Kuh am Strick. Es gefällt ihr überhaupt nicht auf dem See. Vielleicht sollten wir ihr die Beine zusammenbinden.

Walter

Wie tief das Wasser hier in der Mitte des Sees sein mag? Ist der Seeboden so weit unten, wie das Himmelszelt weit oben ist? Ich will es eigentlich gar nicht wissen. Zum Glück sehen wir schon den Kirchturm von Flüelen und den blauen Rauch über Altdorf. Karla steht ganz still und starrt auf die Bootsplanken. Hält sie den Atem an?

»Sooo«, sage ich, will sie für ihre Ruhe loben, doch sie reißt den Kopf hoch und zerrt so plötzlich am Strick, dass er mir aus den Händen gleitet. Dann stößt sie sich ab und fliegt.

Es passiert so schnell, dass ich gar nicht weiß, wie mir geschieht. Plötzlich liege ich auf den nassen Planken. Karla klatscht aufs Wasser, taucht unter, das Boot schaukelt bedrohlich, es schwappt sogar etwas Wasser über den Rand. Willi kreischt und klammert sich fest. Vater und der Birki-Bauer brüllen und fluchen, werfen die Ruder hin und fuchteln mit den Armen, raufen sich die Haare.

Ich rapple mich auf und gucke über den Bootsrand, bin überzeugt, dass Karla schon untergegangen ist. Aber sie schwimmt. Sie schwimmt, als wär's ganz normal! Wo hat sie das bloß gelernt? Auch Vater und der Birki-Bauer schauen baff der Kuh hinterher. Von ihr sind nur der nasse Kopf und ein wenig Rückgrat zu sehen. Karla schwimmt zielsicher auf Flüelen zu, weshalb Vater und der Birki-Bauer wieder zu den Rudern greifen.

Wir holen Karla schnell ein, aber jetzt gibt sie das Tempo an. Sie hat nun nicht mehr diesen panischen Blick in den Augen, atmet regelmäßig und paddelt wohl ziemlich geschickt mit ihren Beinen. Wie gerne würde ich sehen, wie sie das macht. Vielleicht könnte ich das auch.

»Sie weiß genau, wo's hingeht!«, ruft der Birki-Bauer und jauchzt. »So, wie die schwimmt, sind wir im Handumdrehen in Flüelen!«

Birki

Himmel, Sakrament! So etwas habe ich nun wirklich noch nie erlebt. Das glaubt mir keiner. Ich will mir den Namen der Kuh merken. Karla.

»Karla, die Seekuh«, rufe ich, aber Tell verzieht nicht mal den Mund. Die Kuh schwimmt direkt auf Flüelen zu, als wüsste sie ganz genau, wo wir hinwollen. Ich muss lachen, und Walter macht ein Gesicht, als erwarte er Prügel. Schließlich hat er die Kuh nicht festhalten können.

»Mach dir keinen Kopf!«, rufe ich ihm zu. »So sind wir schneller.«

Etwas abseits des Dorfes kriegt Karla festen Boden unter den Füßen und steigt ganz gemächlich an Land. Wir beeilen uns, das Boot zu befestigen, klettern an Land und kriegen die Kuh am nassen Strick zu fassen. Mit hängendem Kopf bleibt sie am Ufer stehen. Sie atmet schnell und zittert, also holen wir braunen Schilf vom Ufer und reiben sie damit trocken. Walter und Willi finden etwas Gras und füttern die Kuh.

Tell wird ungeduldig.

»Wenn wir die Kuh verkauft haben, laufen wir am Seeufer entlang zurück nach Isleten. Du kannst jetzt gehen.«

»Brauchst du keine Hilfe bis Altdorf?«, frage ich ihn.

»Nein«, sagt er. Mehr nicht. Bloß »nein«.

Den bringt nichts aus dem Gleichgewicht, nicht mal eine schwimmende Kuh.

»Na gut«, sage ich. »Dann viel Glück! Pass bloß auf, in Altdorf wimmelt es nur so von Habsburgern. Ich glaube, heute gibt's ein Großaufgebot.«

»Wir wollen nur die Kuh verkaufen«, sagt Tell und zerrt am Strick.

»Du kannst die Überfahrt bezahlen, wenn du zurück bist!«, rufe ich ihm hinterher, aber Tell dreht sich nicht einmal um. So einen wie ihn gibt's kein zweites Mal.

Walter

Bald erreichen wir die ersten Bauernhöfe von Altdorf. Man schenkt uns kaum Beachtung, schließlich sind wir nicht die Ersten, die auf dem Weg zum Viehmarkt sind. Zudem kennt uns hier niemand, und niemand weiß, dass die Kuh, die wir am Strick führen, quer über den See geschwommen ist. Karla ist erschöpft und trottet jetzt ganz gemächlich.

Als sich die Häuser mehren, wird Vater nervös. Er versteift sich, seine Augen flackern hin und her, als würden wir von allen Seiten bedrängt. Die vielen Leute, die Häuser und die verwinkelten Gassen scheinen ihn zu verwirren. Wenn sich zwei etwas zurufen, schreckt er herum. Plötzlich bleibt er einfach stehen, als wüsste er nicht mehr weiter.

»Vater, da lang«, sage ich.

Vater nickt und zerrt ungeduldig am Strick. Karla gehorcht. Brave Kuh. Bald werden wir uns von ihr verabschieden müssen.

Dicke Rauchschwaden stehen überm Dorf. Der Rauch beißt in der Lunge und brennt in den Augen. Aber man riecht auch geräuchertes Fleisch, ausgepresste Äpfel und Birnen aus der Mosterei und den wunderbaren Duft von gebackenem Brot.

»Ich hab Hunger«, jammert Willi.

»Jetzt nicht«, flüstere ich. »Du musst warten, bis wir Grob gefunden und Karla verkauft haben.«

Wir treten auf den Dorfplatz. Bis zum Marktgelände auf der Matte am hinteren Dorfrand ist es nun nicht mehr weit. Man muss nur dem Menschenstrom folgen. Aber Vater bleibt mitten auf dem Platz stehen und schaut sich um, als sei er eben erst aus einem Tagtraum aufgewacht.

Den komischen Hut auf der Stange hat er gar nicht bemerkt.

Kapitel 5

»Die Alpen sind kolossal, aber die Welt,
in der wir uns bewegen, ist winzig klein.«

Raab

Da steht er plötzlich, krumm und verschwommen, wie in einem schlechten Traum, Tell, dieser Verrückte aus dem Isental, mitten auf dem Dorfplatz! Und ich falle fast von der Wurzel der Linde, mache mich unmerklich kleiner. Langsam, ganz langsam stelle ich den Krug neben mir auf den Boden und stoße Pichler mit dem Ellbogen in die Seite.

»Jetzt guck mal, wer da mitten auf dem Platz steht!«

Pichler kippt fast um, aber nicht, weil er überrascht, sondern weil er besoffen ist.

»Ist der Capo etwa schon da?«, mault er.

»Nicht Gessler, du Nachttopf. Tell!«

»Wer?«

»Dieser verdrehte Bergbauer, der sich beinahe mit der Axt auf uns gestürzt hätte, wenn die verrückte Alte nicht –«

»Ach der! Wo?« Pichler schaut sich neugierig um.

»Der da, mit der Kuh und den zwei Buben.«

»Der schmächtige Kerl? Machst du Witze? Den hätte Juppjupp doch mit einer Hand am Bart hochheben können!«

»Du hättest seine Augen sehen sollen«, rechtfertige ich mich. »Dem ist alles zuzutrauen gewesen, glaub mir. Und mit der Axt kann er schließlich auch umgehen, wie alle diese verfluchten Waldmenschen da oben.«

»Und? Hat er sich verneigt?«

»Ach, lass ihn einfach, der will bloß auf den Markt mit seiner Kuh.«

»Er hat sich also *nicht* verneigt.«

»Pichler, ich sag's dir, leg dich nicht mit dem da an!«

»Seit wann bist du eigentlich so ein Hosennässer?«

Verfluchter Träscht. Wenn Pichler besoffen ist, ist er für jeden Unfug zu haben.

»He, du da, Bauer!«, brüllt er jetzt über den Platz und richtet sich umständlich auf.

Einige Leute drehen sich um, auch Tells Knaben bemerken uns unter der Linde. Nur Tell scheint es nicht gehört zu haben. Er guckt in die andere Richtung.

»Wie heißt er noch?«, fragt Pichler.

Jetzt bereue ich es, ihn auf Tell hingewiesen zu haben.

»Lass ihn!«

Pichler schüttelt verächtlich den Kopf und wendet sich wieder Tell zu:

»Bauer mit Kuh, du da, bleib stehen, im Namen des Königs Rudolf, Sakrament!«

Es wird plötzlich still auf dem Dorfplatz. Die Leute bleiben stehen, einige schleichen sich davon. Der ältere Bub sagt etwas zu seinem Vater, und erst jetzt dreht sich auch Tell um. Ist das wirklich derselbe Mann, der sich uns vor ein paar Tagen mit der Axt in den Weg gestellt hat?

»Siehst du nicht den Hut auf der Stange?« Pichler zeigt in die Luft. Tell bemerkt den Hut, macht ein verwirrtes Gesicht, schaut wieder Pichler an, schaut mich an, scheint mich glücklicherweise nicht zu erkennen, dreht sich wieder um und stottert etwas von Markt und Kuh.

»Du musst dich verneigen!«, brülle ich nun, denn wenn er sich verneigt, ist er meinetwegen entschuldigt. »Mach schon!«

»Was?«

»Vor dem Hut! Du musst dich verneigen, verdammt noch mal!«

Pichler wirft mir einen Blick zu, als würde ich ihm gerade einen Spaß verderben. Was soll's.

Manche auf dem Dorfplatz verneigen sich nun vor dem Hut, nachträglich, wie mir scheint. Da sieht man's. Das versteht sowieso keiner mit dem Hut auf der Stange, das ist mir von Anfang an klar gewesen. Ich vermute, dass Harras diese Schnapsidee hatte, denn Gessler habe ich nie davon reden hören.

Nein, auf so eine Idee wäre er gar nicht gekommen. Die ist auf Harras' Mist gewachsen. Dass er uns zu dieser idiotischen Hut-Wache verdonnert hat, wundert mich nicht. Harras hat es auf mich abgesehen, denn ich sitze fast täglich unter der Linde und friere mir den Arsch ab. Verfluchte Schikane! Wenigstens bekommen wir von den Dorfbewohnern reichlich Träsch zu trinken. Keine Ahnung, woher sie diesen fürchterlichen Schnaps haben. Vermutlich stellen sie ihn aus faulen Birnen und Äpfeln her. Aber er erfüllt seinen Zweck. Den Leuten ist es nur recht, dass wir manchmal unter der Linde einschlafen.

»Ist er nicht ganz klar im Kopf?«, fragt mich Pichler, doch ich zucke nur mit den Schultern.

»Nicht alle Bergler verstehen richtiges Deutsch.«

»So ein Quatsch«, sagt Pichler, und an Tell gerichtet: »Du! Verbeugen! Vor dem Hut! Aber pronto!«

Ich bin überzeugt, dass Tell ihn verstanden hat, doch seine Kuh zieht nun so fest am Strick, dass er fast umfällt und ein paar Schritte von uns wegstolpert.

»Verfluchter Mist«, poltert Pichler. »Pass auf, dass er nicht abhaut. Ich hole Verstärkung.«

Walter

Ich habe Angst, und Willi ist den Tränen nahe, klammert sich an mir fest. Ich versuche, Karla zu beruhigen, rede ihr zu, wie es der Birki-Bauer gemacht hat. Wieder hat sie Panik in den Augen, versucht, sich loszureißen. Vater wirkt plötzlich kraftlos, lässt sich von der Kuh mitzerren, stolpert und schaut sich dabei immer wieder um. Weitere Leute bleiben stehen und schauen uns an, können sich aber keinen Reim machen.

Schließlich kommt einer der beiden Soldaten breitbeinig und etwas zögerlich auf uns zugetorkelt. Er muss sich sehr konzentrieren, um nicht zu schwanken. Sein Helm sitzt etwas schief auf dem Kopf, die Hosenbeine sind schmutzig bis zu den Oberschenkeln. Auf dem Rücken trägt er eine Armbrust, eine viel bessere, als Vater sie hat.

Plötzlich erkenne ich ihn. Es ist der Kerl, den sie Raab genannt haben. Er hat Grosi Marie den Tritt verpasst! Er hat sie getötet! Er –

Ich kann mich kaum noch bewegen, starre den Mann an, schaue zu, wie er versucht, die Kuh zu beruhigen. Jetzt erkennt ihn auch Vater. Er weicht zurück, lässt den Strick aber nicht los.

»Du Teufel!«, dröhnt Vater. Er bebt. Seine Augen werden rot.

»Jetzt bleib mal schön ruhig«, flüstert der Soldat Raab. »Mach keine Dummheiten, Tell. Du bist hier nicht auf deinem Hof!«

»Du hast meine Mutter umgebracht, du!« Vater keucht.

Der Soldat macht einen Schritt von uns weg. Er sperrt die Augen auf, seinen Mund halb geöffnet.

»Oh, verflucht«, sagt er mit tonloser Stimme. »Ist die Alte gestorben? Weil ich sie umgestoßen habe? Das –«

»Ich bring dich um!«, knurrt Vater, und ich mache mich auf das Ende gefasst.

Ich beschließe, die Kuh aufzugeben, Willi bei der Hand zu packen und wegzulaufen, durch die Menschenschar, zum Dorf hinaus und so schnell wie möglich in den Wald, wo wir uns verstecken können. Aber meine Starre hält an.

»Ich habe nur Befehle ausgeführt, Mann«, rechtfertigt sich der Soldat und zückt ein Messer. Er ist plötzlich nüchtern, steht auf festen Beinen.

»Bitte, Vater!«, entfährt es mir.

Dann beginnt der Boden zu zittern. Hufschläge. Der Soldat lässt sein Messer sinken und dreht sich erschrocken um. Jetzt könnte ihn Vater überwältigen, schließlich hat auch er ein Messer dabei, aber er bleibt tatenlos stehen und schaut dem kleinen Trupp Habsburger entgegen, der auf den Dorfplatz geritten kommt, vier, fünf Mann, und hinter ihnen eine Schar Fußsoldaten. Ihnen voraus läuft, so schnell und so gerade er kann, der andere Soldat, der uns eben über den ganzen Dorfplatz angebrüllt hat. Er rennt zur Stange mit dem Hut und stellt sich kerzengerade davor, schwankt aber ein bisschen. Der Mörder meiner Großmutter, Raab, steckt das Messer weg und tut es ihm gleich.

Vater schaut ihm zitternd hinterher. Er wirkt so hilflos, wie Willi, doch die Kuh lässt er nicht los.

Gessler

Ich habe es gewusst. Der Hut auf der Stange ist eine völlig absurde Idee, unmöglich. Wieso nur habe ich mich von Harras so leichtfertig überreden lassen? Das habe hier Tradition, hat er behauptet. Das mache der Landvogt immer so. Alle meine Vorgänger hätten das gemacht, und es verschaffe mir den nötigen Respekt. So ein Schwachsinn. Ich hätte es wissen müssen. Dabei habe ich mich nur auf dem Markt blicken lassen und dieses Volk begutachten wollen, nichts weiter. Lächeln, den Kindern zuwinken ...

Und jetzt das! Einfache Leute zu bestrafen ist unter der Würde eines Landvogts. Dafür hat man Handlanger, wie Harras einer ist. Ich will nie wieder auf ihn hören, auf diesen nach Wein stinkenden Teufel! Und ausgerechnet heute begleitet mich ein Gast aus dem Norden. Wenigstens kommt er auf seine Rechnung. Langweilig wird es ihm bei diesem Besuch nicht werden.

Harras zeigt auf den Missetäter und grinst erwartungsvoll. Ich erkenne ihn sofort. Da steht, so Gott will, der Bergbauer von neulich. Der Bart, das zerzauste, fettige Haar und die schwarzen Augen. Diesen feindseligen flackernden Blick werde ich nie vergessen. Die Alpen sind kolossal, aber die Welt, in der wir uns bewegen, ist winzig klein.

Der Bauer schaut nervös um sich, zittert und bebt am

ganzen Körper. Der kleinere der beiden Buben weint. Der größere, der mir auch in der Felswand begegnet ist, ist bleich und ängstlich, aber wachsam. Er weicht meinem Blick nicht sofort aus, erkennt mich auch, staunt.

»Sie haben sich nicht verbeugt!«, plärrt nun einer der Wachsoldaten und zeigt auf den Bauern und dessen Söhne.

Ich seufze. Dass ich mich mit so etwas herumschlagen muss! Dieser Bauer scheint mir in der Tat ein Querkopf zu sein, schließlich verweigert er mir schon zum zweiten Mal den Respekt. Da oben in der Felswand waren wir auf Augenhöhe, aber hier unten sitze ich auf dem Ross, und er steht im Dreck.

»Er heißt Tell«, informiert mich Harras.

Woher er das weiß, ist mir ein Rätsel, aber schließlich treibt er schon seit Jahren sein Unwesen in diesen rückständigen Alpenländern.

Ich bringe mein Pferd zwischen den Bauern und die Stange, hinter mir positionieren sich meine Gefolgsleute in einer Reihe, wie wir es im Burghof geübt haben. Unser Gast hält sich ein klein wenig abseits. Mit Pfiffen und Handzeichen bedeutet Harras den Fußsoldaten, den Dorfplatz abzuriegeln. Niemand soll sich davonmachen können, denn jetzt wird ein Exempel statuiert.

Ich schaue in die Gesichter der verschreckten und neugierigen Dorfbewohner. Noch immer drängen Leute auf den Platz. Diese Neugierde stößt mich ab. Solche Gaffer. Es wäre mir lieber, wir hätten keine Zuschauer, könnten diesen Tell im Schatten des Burghofs ohne großes Aufsehen richten. Vielleicht sollte ich ihn einfach nach Küssnacht abführen und einsperren lassen.

Harras hebt die Hand, bis es schließlich still auf dem Platz wird. Der Bauer schaut zu Boden.

»Tell ist dein Name?«, frage ich ihn mit lauter Stimme, damit es alle hören.

Tell blickt auf, schaut an mir vorbei in die Wolkendecke. Doch er nickt. Ein Raunen geht durch die Menschenmenge.

»Stimmt es, was behauptet wird? Du hast dich *nicht* vor meinem Hut verbeugt?«

»Er hat die Verneigung mehrmals verweigert«, tönt es nun hinter mir. Es ist einer der Wachsoldaten. Dass er besoffen ist, habe ich längst bemerkt.

Tell sagt nichts. Sein älterer Junge fällt auf die Knie und neigt sein Haupt vor mir, zieht dabei seinen Bruder neben sich auf den Boden. Tell bleibt steif stehen, hält die Kuh am Strick, die völlig erschöpft zu sein scheint.

Ich sage lange nichts. Sammle mich. Denke nach. Ich könnte dieses Theater einfach verlassen, mein Pferd abwenden und wie ein stolzer Fürst über den Dorfplatz reiten und verschwinden. Ein verführerischer Gedanke. Damit würde ich die Strafsprechung Harras überlassen, doch dann würde sie grausam sein. Harras würde womöglich die ganze Familie auspeitschen und den Kopf des Vaters auf die Stange spießen. Verzweifelt suche ich nach einer besseren Lösung. Die Leute, und nicht zuletzt unser Gast aus dem Norden, müssen sehen, dass ich mein Volk mit harter, wenn auch gerechter Hand führe. Dieser Moment birgt möglicherweise eine Chance!

Die Menschen schauen mich abwartend an. Unter ihnen sind einige Irrsinnige mit offenen, geifernden Mündern, rotzverschmierten, schmutzigen Gesichtern, ein paar sind barfuß, obwohl der Boden kalt und nass ist. Sie husten. Ihre Augen tränen. Der Rauch aus den Schornsteinen ist fast unerträglich, kratzt in den Hälsen. Er quillt in den grauen Herbsthimmel, bleibt eine Weile über den Dächern hängen und wird von den schweren Wolken wieder nach unten gedrückt. Wieso verbrennen sie Dung und feuchten Torf, wenn sie Holz haben? Scheuen sie die Arbeit? Haben sie keine richtigen Werkzeuge hier?

Totale Windstille. Mir wird übel. Eine Wut steigt in mir auf, wie ich sie gar nicht kenne. Wieso wehrt sich dieses Volk gegen uns, verweigert den Schutz und den Fortschritt? Einige sind offensichtlich unterernährt, degeneriert, schielen oder haben Fehlbildungen oder von Blasen vernarbte Gesichter.

Und dieser Tell! Ein Querkopf, ein Bergler, ein Wilderer. Damals in den Felsen ist er mit der Armbrust unterwegs gewesen. Ich muss an das dumme Spiel der Soldaten im Burghof denken. Aus kurzer Distanz wäre es für Tell sicher ein Leichtes, den Apfel zu treffen. Was, wenn die Frucht auf dem Kopf seines Sohnes wäre? Dann hätten die Leute das gewünschte Spektakel, niemand käme zu Schaden.

»Was haben Sie vor?«, brummt Harras ungeduldig.

Er wird sich wundern.

Ich richte mich im Sattel auf, verlagere mein Gewicht auf die Steigbügel, recke mein Haupt in die Luft und überblicke die ganze Meute. Jeder soll mich sehen, jeder soll mich hören.

Harras

Dieser Gockel. Es fehlt nicht viel, dann fängt er an zu krähen. Er glaubt wohl, der Allvater dieser dreckigen Meute zu sein. So ein Mondkalb! Wenn die Wilden nicht geknüppelt werden, sind sie zu nichts zu gebrauchen, stehen nur mit offenen Mündern da, als hätten sie noch nie in ihrem Leben bessere Leute gesehen. Ich muss mich anstrengen, nicht lauthals loszulachen, als Gessler mit seiner näselnden Stimme verkündet:

»Es bleibt mir nichts anderes übrig, als Tell zu bestrafen. Er hat sich wiederholte Male geweigert, sich vor dem Hut, *meinem* Hut, der König Rudolf höchstselbst darstellt, zu verneigen. Und es steht zu vermuten, dass sich Tell am königlichen Wild vergriffen hat. Ita factum est.«

Dass ein paar Leute kichern, nimmt ihm etwas die Luft. Sein Blick hüpft von Gesicht zu Gesicht. Ich bin froh, dass er sich nicht zu mir umdreht, denn es gelingt mir kaum, ernst zu bleiben.

»Strafe muss sein ...« Wieder zögert Gessler. Weiß er etwa nicht, wie er Tell bestrafen soll? Auspeitschen soll er ihn, persönlich, bis die Fetzen fliegen! Tell soll auf allen vieren in seine Berghütte zurückkriechen und sich nie wieder blicken lassen!

»Die Strafe ... Ein Apfelschuss!«

Die Leute schauen sich verwirrt an. Auch mir fehlen die Worte. Ein Pferd schnaubt, von Emmen schaut mich an und hebt seine buschigen Augenbrauen. Er ist grad so verblüfft wie ich und der Nordmann, der sowieso kein Wort versteht. Die Leute beginnen zu tuscheln.

»Ein Apfelschuss!«, wiederholt Gessler und dreht sich zu mir um. Man muss mir ansehen, dass ich vollkommen verdattert bin, denn er lächelt zufrieden. Dann wendet er sich wieder dem Bauern zu, drückt dem Pferd die Fersen in die Seiten und lässt es in seine Nähe schreiten. Die Kuh zerrt am Strick, bleibt aber stehen.

»Tell, sag mir nun, sind das deine beiden Söhne?«

Tell schaut ihn kurz an, richtet seinen Blick aber sogleich wieder zu Boden, nickt.

»Welcher dieser Söhne ist dir der liebste?«

Wieder geht ein Raunen durch die Menschenmenge, diesmal lauter. So viel Sadismus hätte ich Gessler nicht zugetraut! Er scheint plötzlich auf den Geschmack gekommen zu sein. Schlägt er etwa vor, dass Tell einem seiner Söhne den Apfel vom Kopf schießt? Ha! Eine wirklich böse Strafe. Doch halt – vielleicht ist der Plan doch nicht ganz so klug, wie Gessler glaubt. Ich jedenfalls würde Tell keine Schusswaffe in die Hand drücken. Aber ich werde ja nicht gefragt.

Walter

Vater starrt Willi an. Er ist bleich, auf seiner Stirn perlt der Schweiß, obwohl die Luft kalt ist. Er schaut zu Boden, dann schaut er mich an, und dann Willi, der aufgehört hat zu weinen, weil ihn der Landvogt nun doch fasziniert, die Pferde und alles. Jetzt bleibt Vaters Blick an mir hängen, verzweifelt fast, als hoffe er auf einen Rat. Dabei weiß ich doch gar nicht, was der Landvogt mit uns vorhat. Ich weiß nur, dass die Strafe grausam sein soll. Deshalb lässt er Vater seinen Lieblingssohn aussuchen.

»Vater«, sage ich so leise, dass es der Landvogt bestimmt nicht hören kann. »Nimm mich.«

»Der da«, sagt Vater und wirft ein Nicken in meine Richtung. Doch seine Stimme ist kaum mehr als ein Räuspern, weshalb der Landvogt über den Platz singt:

»Sprich lauter, Tell!«

»Mein Ältester!«, ruft Vater und zeigt auf mich, verzweifelt fast, ohne mich anzuschauen.

Ich bin erleichtert. Willi hat jetzt wieder Tränen in den Augen, denn er begreift nicht.

Plötzlich löst sich eine Nonne in weißem Habit und schwarzer Haube aus der Menschenmenge. Fast wie ein Engel, denke ich, aber ich merke schnell, dass die Frau kein Engel ist und auch keine Engelsstimme hat.

»Erlaubt mir!«, sagt sie schroff und marschiert ohne die Erlaubnis des Landvogts abzuwarten, armeschwingend auf uns zu. Ihr Habit flattert wie die Flügel eines zänkischen Schwans.

Schwester Elisabeth

Genug. Ich kann diesen sündhaften Machenschaften nicht länger beiwohnen.

»Herr Tell«, presse ich zwischen den Zähnen hervor und blicke verstohlen zum Landvogt und seiner Gefolgschaft. »Überlassen Sie die Kuh und den Kleinen meiner Obhut!«

Der bärtige Mann schaut mich an, als sehe er zum ersten Mal im Leben eine Klosterfrau. Aber er nickt und sagt etwas in seinen Bart, das sich wie »Danke, Schwester« anhört, aber auf seine Dankbarkeit bin ich nicht angewiesen. Er kann sich beim Herrgott bedanken. Die Habsburger lassen es einfach geschehen, niemand stellt sich mir in den Weg, weder der Landvogt, noch sein Handlanger Harras, dieser Höllenfürst. Ich werfe einen Blick nach oben.

»Komm, Bub«, sage ich zum Kleinen und strecke meine Hand nach ihm aus. »Wir warten da drüben, bis dein Vater wiederkommt.« Der Bub gehorcht sofort, legt seine Hand in meine und trottet traurig neben mir her. Auch die Kuh folgt mir widerstandslos.

»Wie heißt die Kuh?«, frage ich den Kleinen.

»Karla«, sagt er. »Sie ist eine Seekuh.«

Seine zarte, wenn auch schmutzige Kinderhand ist warm und weich. Die Berührung fährt mir durch den ganzen Körper. Gibt es denn etwas Reineres, etwas Unbefleckteres als eine schmutzige Kinderhand? Wie grenzenlos die Liebe zu so einem Geschöpf sein muss, wie tief zugleich der Abgrund, die Angst davor, dass ihm etwas zustoßen könnte. Voller Stolz, im Bewusstsein meiner Verantwortung, schreite ich aufrecht über den Dorfplatz, an beiden Händen je eine Gotteskreatur, im stillen Versprechen, sie zu beschützen, für Kuh und Kind zu bürgen.

Die Leute schauen mich erstaunt an, geradezu ehrfürchtig. Sie bilden eine Gasse, um uns durchzulassen. Doch als wir die Menschenmenge hinter uns haben, bleibt der Bub plötzlich stehen und dreht sich um.

»Ich will zu Vater«, sagt er, und jetzt bin ich froh, einige getrocknete Pflaumen unter meinem Habit verstaut zu haben.

Gessler

Ich wünschte, die Sache wäre längst erledigt. Die Zeit spielt gegen uns. Also gebe ich Harras ein ungeduldiges Handzeichen, und der schwingt sich vom Pferd, grinst böse, reicht von Emmen die Zügel und trottet in die Mitte des Platzes. Ich drehe mich um und nicke unserem Gast zu, der die Szene interessiert verfolgt. Er soll wissen, dass ich die Situation im Griff habe.

»Einen Apfel!«, befiehlt Harras mit seiner Donnerstimme. »Her damit!« Ein paar Weiber zucken zusammen. Nach einigen Augenblicken überreicht ihm eine Marktfrau einen Apfel, will etwas sagen, winkt dann aber ab.

Harras bedankt sich freundlich, zwinkert der Frau zu, wirft den Apfel in die Luft und fängt ihn geschickt wieder auf. Er genießt die Aufmerksamkeit, dieser Angeber. Dann geht er zu Tell und seinem Sohn, packt den Jungen am Kragen und zerrt ihn durch den Dreck bis zur Linde. Tell zuckt, bleibt aber stehen, krumm irgendwie, hilflos, mit seltsamem Gesichtsausdruck. Harras stellt den Jungen mit dem Rücken an den Baum, befiehlt ihm, sich nicht zu bewegen, setzt ihm den Apfel auf den Kopf, brüllt, »Halt still, verflucht!«, und der Junge schließt die Augen und hält still, balanciert den Apfel auf dem Scheitel. An Mut fehlt es ihm nicht, das habe ich schon da oben in den Felsen gesehen. Dann geht Harras die zwanzig Schritte ab, zählt laut und deutlich, dass es jeder hören kann, macht ein richtiges Theater daraus.

»Eins! Zwei! Drei! ...«

Doch bei zwanzig hält er nicht inne. Er zählt einfach weiter. Und mein Blut gefriert.

»... Siebenundzwanzig! Achtundzwanzig! Neunundzwanzig! ...«

Na gut, dreißig Schritte sollen es sein. Meinetwegen. Tell wird aus dieser Distanz den Apfel schon treffen.

Bei einunddreißig will ich mich einmischen; ein Impuls, doch ich kann mich gerade noch beherrschen. Ich will keine Schwäche zeigen.

Harras geht immer langsamer, macht es spannend. Doch auch bei fünfunddreißig ist er noch nicht fertig.

»Vierzig!«, ruft er schließlich und dreht sich zu mir um, schaut mich auffordernd an, als erwarte er, dass ich mich beschweren würde.

Doch ich bleibe stumm, nicke, schlucke gegen den Klotz im Hals an. Harras nickt zurück, als habe er auf mein Einverständnis gewartet. Dann zählt er weiter:

»Einundvierzig! Zweiundvierzig! Dreiundvierzig! ...«

Harras

Dieser Waschlappen, dieses Muttersöhnchen! Hat die Hosen voll, ich seh's ihm an. Peinlich, eigentlich, verflucht beschämend. Wenn die Leute merken, dass ihr Landvogt ein Hasenfuß ist, wird's gefährlich.

Aber es hat mir Spaß gemacht, die Distanz abzuschreiten. Mit jedem Schritt ist Gessler bleicher geworden, hat sich auf dem Pferd versteift, als stecke ihm jemand einen Pfosten in den Hintern. Endlich hat er sich beschwert, seine Stimme hat sich beinahe überschlagen:

»Harras! Fünfzig Schritte, das genügt jetzt aber!«

So. Jetzt braucht's nur noch einen Kreuzbogen.

»Raab!«, rufe ich. »Gib mal her!«

Raab

Mist. Mist. Mist. Harras will, dass ich ihm meine Armbrust bringe, bellt es über den ganzen Platz. Dabei spüre ich den Träscht nun so richtig und weiß nicht genau, ob ich die Stange wirklich loslassen soll, an der ich mich so schön festhalten kann. Ich habe völlig verpasst, um was es geht. Wieso braucht der Mann meine Armbrust? Ich schaue Pichler an, doch auch der ist damit beschäftigt, nicht umzufallen.

So viele Leute. Der ganze Platz dreht sich. Und die weißen Gipfel der Berge beugen sich neugierig zu uns runter.

Nicht kotzen. Ich hole tief Luft, stoße mich von der Stange ab und stelze über den Platz. Es gelingt mir ganz gut. Alle Augen sind auf mich gerichtet. Leute!

»Nicht zu mir! Zu dem da!«, brüllt Harras und zeigt auf Tell, der noch immer etwas abseitssteht, jetzt aber ohne Kuh und ohne Kinder. Wo ist die verdammte Kuh denn hingekommen? Ach ja, die Nonne. Tells Junge steht unter der Linde und hat einen Apfel auf dem Kopf. Oha. Jetzt weiß ich, was Harras sich ausgedacht hat. Die Armbrust, der Apfel, es ergibt alles Sinn.

Ich ändere meinen Kurs, komme dabei leicht ins Stolpern, aber ich fange mich wieder. Vor Tell bleibe ich stehen und unterdrücke einen Rülpser. Der verfluchte Träscht will wieder hoch. Tell schaut mich etwas verwundert an, erkennt, dass ich nicht ganz bei der Sache bin, doch dann besinnt er sich und senkt den Blick, wie es sich gehört. Sein Bart zittert, seine Lippen formen tonlose Worte. Ich überreiche ihm meine Armbrust und einen Bolzen, doch dummerweise fallen mir ein paar weitere aus dem Köcher. So eine Bescherung!

»Hoppla!«, entfährt es mir.

Tell kauert sich auf den Boden und sammelt sie für mich zusammen. Er ist eigentlich ein ganz anständiger Kerl. Er richtet sich wieder auf und überreicht mir die Bolzen, macht dabei ein komisches Gesicht. Hat er sich einen in den Hosenbund gesteckt? Verflucht. Soll ich es melden? Gessler und seine Mannen sind hinter mir, haben es also nicht bemerken können. Aber Harras hat es vielleicht gesehen. Ein spöttisches Lächeln kräuselt sich um seine Lippen. Er weiß genau, für wen dieser zweite Bolzen gedacht ist, und er lässt es geschehen, diese Satansbrut!

Tell starrt zu Boden und tut so, als wäre ich gar nicht hier.

»Auf was wartest du?«, mault mich Harras an.

Zu spät. Ich habe zu lange gezögert. Jetzt heißt es Ruhe bewahren. Also drehe ich mich militärisch um, schreite zurück zur Stange und halte mich daran fest.

Puh! Pichler grinst übers ganze Gesicht, fängt fast an zu japsen. Ich ja auch. Mann, sind wir besoffen!

Walter

Fünfzig Schritte. Ich weiß, dass Vater einen Apfel aus dieser Entfernung treffen kann, schließlich habe ich ihn oft genug auf die Jagd begleiten müssen. Doch mit dieser Armbrust hat er noch nie geschossen. Wie kann er also wissen, wie sie sich verhält?

»Tell!«, brüllt Harras. »Stell dich hier hin, und schieß den Apfel vom Kopf deines Jungen!«

Einige Leute schreien unterdrückt auf und bekreuzigen sich. Vater sinkt noch mehr in sich zusammen, gibt sich schließlich einen Ruck und trottet zu der Stelle, die Harras mit der Schuhspitze auf dem Boden markiert hat. Der Habsburger stellt sich schräg hinter Vater, damit er nicht in die Schusslinie gerät. Auch die Leute, die nahe der Linde stehen, drängen von mir weg, als wäre Vater nicht mal imstande, den Baum zu treffen.

Ich sehe sie alle, die ganze Menschenschar vor mir auf dem Dorfplatz. Ich suche Willi und die Schwester in der Menge, aber ich sehe nur Männer und Frauen und Kinder, die ich nicht kenne. Sie alle schauen mich an. Einige weinen sogar, halten sich die Hände vors Gesicht, beten und tuscheln untereinander. Ich sehe die Stange mit dem Hut obendrauf, die zwei Soldaten, die jeweils einen Arm um die Stange geschlungen haben, als wollten sie sich in einem

Tänzchen um sie drehen. Der Landvogt auf dem Ross. Auch er starrt mich an, doch sein Blick ist unbestimmbar. Manchmal macht er ein kaltes Gesicht, den Mund zu einem Strich zusammengepresst. Dann zucken seine Mundwinkel nach unten, wie bei Willi, kurz bevor er zu heulen beginnt. Er ist ein trauriger Vogt. Harras steht ziemlich dicht hinter meinem Vater und leckt sich die Lippen. Noch immer spüre ich seine Hand im Nacken, da, wo er mich gepackt hat. Jetzt schaut er meinen Vater mit spöttischem Grinsen an.

Vater. Er ist fünfzig Schritte von mir entfernt, gekrümmt, besiegt, und lässt die Waffe hängen, als sei sie viel zu schwer für ihn. Er sieht die Gesichter nicht, die ich sehe, sieht nicht einmal mich. Ein bärtiger, untersetzter Mann, und noch nie ist er mir so klein vorgekommen wie jetzt. So verloren.

Harras tritt zu ihm hin, zaubert einen kleinen Knüppel aus seinem Gewand und schlägt ihm auf den Arm, der die Armbrust hält. Die Leute zucken zusammen.

»Mach schon, du verdammter Hund!«, brüllt Harras mit hochrotem Kopf.

Vater tut, als habe er den Schlag nicht einmal bemerkt. Er steht ein bisschen so da wie Karla heute Morgen auf der Wiese vor dem Stall. Sie muss Willis Haselrute ganz bestimmt gespürt haben, aber sie hat keinesfalls den Hof verlassen wollen, darum sind ihr die Hiebe egal gewesen. Nun weiß ich, was mit Vater los ist: Er will nicht. Er kann die Waffe nicht gegen mich richten. Mich! Dabei hat er mich vor ein paar Tagen fast bewusstlos geprügelt, weil ich seine Armbrust kaputtgemacht habe. Jetzt dreht er sich zu Gessler auf dem Pferd um und sagt, ohne ihn dabei anzuschauen:

»Ich kann nicht.«

Es ist totenstill auf dem Platz. So viele Leute, und alle halten die Luft an.

»Was sagst du?«, donnert Harras.

Vater wiederholt es, ruft es dem Landvogt zu, als tue es ihm leid: »Ich kann das nicht!«

Der Landvogt richtet sich im Sattel auf, und sein Pferd macht ein paar nervöse Schritte zur Seite, dreht sich sogar einmal im Kreis, doch Gessler greift die Zügel und bringt das Tier unter Kontrolle. Jetzt macht er ein wütendes Gesicht.

»Wer sich meinem Befehl widersetzt, anerkennt die Krone nicht, und darauf steht die Todesstrafe!«

Jetzt kommt auch Bewegung in die Menschenmenge. Sie wogt hin und her, wie die Tannenwipfel im Wind.

»Ruhe!«, brüllt Harras, und Gessler wiederholt: »Wenn du dich meinem Befehl widersetzt, wirst du an Ort und Stelle hingerichtet!«

Vater nickt, als wäre er erleichtert, als habe ihn der Landvogt begnadigt. Will er denn sterben?

»Und dein Sohn auch!«, ruft Gessler außer sich.

Ich möchte wegrennen, aber am liebsten möchte ich mich hinsetzen, genau hier unter der Linde, denn meine Beine fühlen sich wie Grashalme an. Vielleicht gelingt die Flucht, wenn ich es nur wage. Keiner der Soldaten steht in meiner Nähe, denn niemand möchte den Schuss abbekommen. Aber wieso zögert Vater? Ich weiß doch ganz genau, dass er den Apfel treffen kann.

Wieder muss ich an Karla denken, die sich erst in Bewegung gesetzt hat, als Greta im Stall gemuht hat.

»Vater!«, rufe ich und spüre, wie mir das Wort allein festen Boden unter den Füßen verschafft. »Vater! Ich bin bereit!«

Raab

Die klare Stimme des Jungen schneidet wie ein Messer durch die nervöse Menschenmenge. Tell zuckt zusammen und blickt seinen Jungen entsetzt an, steht aber nicht mehr ganz so krumm.

»Vater!«, ruft der Junge erneut, und jetzt packt Tell die Armbrust mit beiden Händen. »Ich bin bereit!«

Eins muss man dem Knaben lassen. Er hat mächtig Mut. Oder täusche ich mich? Ist es Leichtsinn? Verzweiflung gar? Nein, es klingt vielmehr nach Verwunderung! Er weiß schlicht und einfach, dass Tell den Apfel treffen wird. Es ist das Vertrauen eines Kindes in seinen Vater. Und es überträgt sich auf die versammelte Schar, ja sogar auf mich, und macht mir Gänsehaut. Ich drehe mich zu Pichler um. Der lächelt läppisch, als freue er sich darauf, Harras und Gessler staunen zu sehen, wenn der Bolzen im Apfel steckt.

Tell ist plötzlich ein anderer. Er wischt sich mit dem Handrücken über die Augen, stellt die Armbrust auf dem Boden ab, setzt den Fuß in den Tretbügel und spannt die Sehne mit beiden Händen, braucht dazu alle Kraft. Dann hebt er die Armbrust hoch, dreht sich um, wirft Gessler einen letzten Blick zu, als wolle er sich vergewissern, dass der auch wirklich zuschaut. Dann wendet er sich wieder seinem Knaben unter der Linde zu und nickt.

Walter

Ich halte den Atem an.

Vater schaut mich an, als wäre ich gar kein Mensch. Vielleicht stellt er sich eine Gämse vor. Ich kenne diesen Blick, aber bisher hat er noch nie mir gegolten. Ich spüre, wie meine Handflächen feucht werden und mein Herz in der Brust pocht. Vater macht einen geraden Rücken und richtet die Armbrust auf mich. Er presst sein Gesicht an den Schaft und verlagert sein Gewicht auf den vorderen Fuß, macht ein Auge zu und peilt mich über den Lauf an. Ich weiß, dass ich jetzt stillhalten muss, damit der Apfel nicht herunterfällt. Doch Vaters Gestalt rückt in die Ferne, immer weiter weg, die Menschen und die Häuserfassaden auch. Die fünfzig Schritte kommen mir wie das Doppelte vor. Ich fühle mich einsam unter der Linde. Plötzlich wird es so still, als hielte mir jemand die Ohren zu. Nur die Armbrust macht ein Geräusch, schnalzt kurz und scharf, zuckt unwirsch in Vaters Händen. Ein kleiner Schatten fliegt in unglaublicher Geschwindigkeit und doch ganz langsam auf mich zu, wird immer größer, und ich warte, bis er sein Ziel trifft, warte und warte, liege plötzlich am Boden und schaue ins blattlose Geäst der Linde, den grauen Herbsthimmel über mir. Der Bolzen steckt im Stamm, neben mir liegen Apfelstücke. Der Boden vibriert und zittert, ich spüre, wie die

Menschenmenge trampelt und tobt. Dann beugt sich Vater über mich und schaut mich entsetzt an.

Vater.

Ich bin so froh.

Er fällt neben mir auf die Knie, reißt mich hoch, drückt mich an sich, presst meinen Kopf an seine Brust, dass ich fast keine Luft mehr bekomme. Er vergräbt mich in seinen Armen, und ich habe das Gefühl zu verschwinden, höre nur ganz dumpf einen Wortschwall tief aus seinem Innern herausbrechen. Er brüllt sich richtiggehend die Seele aus dem Leib, hat endlich etwas zu sagen, aber ich kann ihn leider nicht verstehen. Ich hänge nur schlaff in seinen Armen, spüre meinen Körper kaum, schwebe nahezu, weiß gar nicht, wo ich bin und wie ich in den Armen meines Vaters gelandet bin. Es ist dunkel, doch ich spüre die Erleichterung, die Worte, die sich über mich legen wie ein dickes, warmes Fell.

Ich höre sein Herz pochen. Vater beschützt mich jetzt.

Ich fühle mich wohl, ich fühle mich geborgen. Und ich möchte ein wenig schlafen.

Kapitel 6

»Versenkt ihn!«

Gessler

Die jubelnde Menschenmenge drängt näher, der Kreis verengt sich, der Lärm ist ohrenbetäubend. Es ist Siegesgeheul. Und wir, die wir auf den Pferden sitzen, sind die Verlierer.

Was habe ich denn erwartet? Ich will Harras nicht anschauen müssen, darum drehe ich mich nach von Emmen um. Ihm gefällt die Sache noch weniger als mir. Unser Gast aus dem Norden ist verwirrt, zumal er gar nicht versteht, was die Meute fordert: den Helden hochleben lassen.

Harras eilt zu seinem Pferd, wirft mir im Vorbeigehen einen wütenden Blick zu, schwingt sich in den Sattel und gibt dem Pferd die Sporen, prescht ganz knapp an mir vorbei und verscheucht die Leute, die sich jetzt auf Vater und Sohn stürzen, um sie anzufassen, zu umarmen, auf die Schultern zu heben wie Könige. Er zückt seinen Knüppel und prügelt auf das Bauernvolk ein, so dass es verschreckt in alle Richtungen läuft. Unter der Linde springt er vom Pferd und fährt zwischen Tell und seinen Sohn, die noch immer eng umschlungen auf dem Boden kauern. Das kreidebleiche Gesicht des Jungen kommt zum Vorschein, und Tell landet auf dem Hintern. Harras beugt sich über ihn, tastet ihn flüchtig ab, zieht einen Bolzen aus seinem Hosenbund und hebt das Geschoss hoch in den Himmel, so dass es alle sehen können. Mit dem Bolzen in der Faust schreitet er auf mich zu, und je näher er mir kommt, desto stiller wird es auf dem Platz.

»Der hätte Euch gegolten, Herr!«, verkündet er. »Und Tell hätte Eure Brust nicht verfehlt.«

Ich spüre, wie mir eng um die Brust wird. Schwitze ich? Oh Harras, wie sehr ich mir wünsche, dass sich unsere Wege nie gekreuzt hätten. Jetzt spielst du dich als Retter auf, weil du diese Bauernleute kennst, weißt, wie sie denken, wie sie handeln. Du hast wohl bemerkt, dass sich Tell heimlich einen zweiten Pfeil eingesteckt hat, hast mich aber nicht warnen wollen. Eigentlich müsste ich dich schelten. Wieder quittierst du mein Zögern mit einem hämischen Grinsen.

»Verhaftet Tell!«, belle ich mit einer mir völlig fremden Stimme. »Bringt ihn nach Küssnacht, und werft ihn in den Turm!«

Harras

Bleich und gekrümmt sitzt du auf deinem Pferdchen. Ewig könnte ich mich an deiner Feigheit laben, du verwöhntes Vögtlein, du Daumendreher, du Sitzpolster. Den Bolzen halte ich dir vor die Nase, damit du siehst, was hätte passieren können, wenn ich nicht wie ein Kindermädchen auf dich aufpassen würde, du Tropfbrunzer. Jetzt krächzt du, man solle Tell in den Turm werfen. Bist du eigentlich blöd? Muss ich dir schon wieder erklären, wie man mit den Bergbauern umzugehen hat? Tell gehört gefoltert und hingerichtet, und zwar öffentlich, hier, jetzt auf der Stelle, aber in aller Ruhe, so dass er noch zwei oder drei Tage am Leben bleibt! Jeden einzelnen Finger würde ich ihm abschlagen, die Ohren, seinen Schwanz und seine Eier. Blenden würde ich diesen Mistkerl. Das Alpenvölklein soll mitansehen, was mit Helden passiert. Und der Nordmann soll in seiner Heimat berichten, dass die Habsburger gegenüber Aufständischen keine Milde walten lassen.

Ich stecke den Bolzen in mein Wams; ein Beweisstück, oder ein Andenken vielleicht. Ich will ihn bei mir tragen, damit ich ihn Gessler jederzeit unter die Nase halten kann, seine Erinnerung auffrischen, sobald er vergisst, wer er in Tat und Wahrheit ist, nämlich ein Fliegenschiss. Jetzt reißt er die Zügel herum, dreht sein Pferd von mir weg, zieht mit seiner Gefolgschaft ab, macht sich wie ein geprügelter Hund Richtung Zwing-Uri davon, überlässt es mir, Ordnung zu schaffen. Wie immer.

Es braucht nur einen Soldaten, um Tell festzuhalten. Wenigstens dafür ist Juppjupp zu gebrauchen, dieser Troll. Tells Sohn ist nirgends zu sehen, hat sich flink in der Menschenmenge davongemacht. Na gut, mir soll's egal sein. Aber den Spaß, Juppjupp einen Schrecken einzujagen, will ich mir nicht nehmen.

»Juppjupp, wo zum Teufel ist der Junge?«, brülle ich. Juppjupp schaut sich entsetzt um, ganz so, wie ich es erwartet habe. Ich lache nur. »Schon gut, Juppjupp, mach dir nicht gleich in die Hosen. Fesselt den Meisterschützen, und bringt ihn mit dem Boot nach Brunnen und von da nach Küssnacht.« Dann trete ich nah an Juppjupp heran, damit nur er es hört: »Seht zu, dass Tell auf dem See ins Wasser fällt, verstehst du? Versenkt ihn!«

Juppjupp strahlt und flüstert verschwörerisch.

»Jupp, ins Wasser!«

Walter

L auf, Walter, finde die Nonne, finde Willi, und geht heim!«, flüstert mir Vater ins Ohr und lässt mich los, kurz bevor uns Harras auseinanderreißt.

Ich sitze geduckt, schaue mich nach allen Seiten um, und als Harras mit erhobenem Bolzen zum Landvogt stolziert, stehe ich langsam auf, mache ein paar Schritte rückwärts, bis mich die Menschenmenge aufnimmt wie die Pfütze den Regentropfen. Man klopft mir anerkennend auf die Schultern, so viele Hände, die mich berühren wollen, doch ich dränge mich weiter durch, und bald erkennt man mich nicht mehr, murrt nur noch verärgert. Jetzt bin ich wieder einer von vielen Buben, die sich zwischen den Leuten durchzwängen.

Ich muss gar nicht lange suchen. Schließlich fällt eine Nonne auf, die ein Kind und eine Kuh an der Hand führt. Ich finde die drei in einer Gasse, die zum Viehmarkt geht. Die Nonne ist erleichtert und besorgt zugleicht, schickt ein Stoßgebet gen Himmel und murmelt ein paar lateinische Worte, die ich nicht verstehe. Willi reißt sich los und klammert sich an mich.

»Wo ist Vater?«

»Vater kommt nicht.«

Willi schaut traurig zu Boden. Auch mir ist nicht zum

Lachen zumute, denn ich glaube nicht, dass wir Vater lebend wiedersehen werden.

Die Nonne wird plötzlich verlegen. Hat sie Willi in ihr Kloster bringen wollen? Sie streichelt ihm den Schopf und die Wange, lobt ihn überschwenglich.

»Danke, dass Sie auf Willi aufgepasst haben«, sage ich, und meine Stimme klingt plötzlich so rauh, dass ich mich verstohlen räuspere.

»Willi.« Die Nonne streichelt ihm wieder über die Wange. »So ein mutiger Junge.«

»Wir müssen jetzt auf den Markt«, sage ich nur, und so lassen wir sie auf der schlammigen Straße zurück.

Ich schaue noch ein paarmal über die Schulter, denn die Nonne winkt uns hinterher, bis wir in die nächste Gasse abbiegen. Karla trottet brav mit, Willi muss sie nicht schlagen. Sein Gesicht ist fast ausdruckslos, müde.

Nach und nach strömen Leute auf den Markt. Die Habsburger sind also abgezogen, das Spektakel auf dem Dorfplatz ist zu Ende. Ich frage eine Marktfrau nach Grob. Die Frau schaut mich an, als traue sie ihren Augen nicht, fragt mich verdattert, ob ich der Junge sei, der eben noch mit einem Apfel auf dem Scheitel ... – Ich schüttle den Kopf, und wir gehen weiter, und bald finden wir Grob auch so. Denn wenn man ihn einmal gesehen hat, vergisst man sein Gesicht nie wieder. Alles an ihm ist schwarz: seine Haare, sein Bart, seine Augen und seine Zähne, seine Hände und seine Fingernägel. Aber ich weiß, dass er gar nicht so fürchterlich ist, wie er aussieht.

Grob

Wenn ich mich richtig erinnere, heißt der Bub Walter. Bleich ist er, aber entschlossen. Seine Hand, mit der er die Kuh am Strick führt, zittert ein wenig.

»Seid ihr ohne euren Vater gekommen?«, will ich von ihm wissen, doch der Kleinere kommt ihm zuvor:

»Der König hat ihn mitgenommen!«

»Sei still, Willi!«, fährt ihn Walter an.

»Soso«, sage ich. »Der König?«

»Wollen Sie unsere Kuh kaufen?« Walter kommt so schnell zur Sache wie für gewöhnlich sein Vater.

»Sie heißt Karla«, ergänzt der Kleine.

»Soso. Karla.« Ich wende mich dem Viech zu, gebe mich interessiert, obwohl ich eigentlich nicht die geringste Verwendung für so eine Kuh habe. Sie ist kleinwüchsig und mager, hat ein kleines Euter, zuckt zusammen, als ich ihr an den Leib greife, schlägt sogar ein wenig aus. Nervöses Biest.

»Was hat er denn angestellt, euer Vater?«, frage ich die Buben. Karla hat ein schmales Becken und Spreizklauen.

»Er hat den Hut nicht gesehen.«

»Soso. Den Hut. Hast *du* den Hut denn bemerkt, Walter?«

Walter nickt.

Sie hat einen geraden Rücken und starke Keulen.

»Und du auch?«

Der Kleine schaut mich an und überlegt. Dann ruft er: »Ich habe ihn auch gesehen!«

»Aber euer Vater hat ihn nicht gesehen, nicht wahr?«

»Darum musste er mir zur Strafe einen Apfel vom Kopf schießen«, ergänzt Walter.

»Himmel, Herrgott, einen Apfel? Und du hast stillgehalten?« Die Kuh ist sauber. Sie stinkt auch nicht aus dem Maul. Ich glaube, ich habe noch nie so ein sauberes Viech gesehen.

»Ja. Vater trifft immer.«

»Aber wieso haben sie ihn dann mitgenommen?«

»Er hat einen zweiten Bolzen versteckt, um den Landvogt zu töten, darum –«

»Ganz der Tell!«, entfährt es mir. »Und was hast du jetzt vor, Walter?«

»Ich verkaufe Ihnen unsere Kuh, dann gehen wir sofort über den Landweg nach Hause.«

»Den Landweg?«

»Durchs Gigental vielleicht.«

»Über den Wang? Teufel. Besser, ihr klettert am Ufer entlang und steigt über die Leitern am Schiltegg ins Isental. Das ist schneller. Bloß, ich habe für Karla keine Verwendung.«

Walter seufzt.

»Kennen Sie jemanden, der Karla kaufen würde?«

Ich schaue mich um, weiß dabei ganz genau, dass Walter keinen fairen Preis für die Kuh bekommen würde, nicht bei Imholz, und ganz sicher nicht bei Schafknecht.

»Na gut«, sage ich. »Ich kann dir für Karla fünfundzwanzig geben, und das ist ein sehr guter Preis. Mehr als gut.«

Walter schaut mich an, weicht meinem Blick nicht aus.

»Dann nehmen wir Karla wieder mit«, sagt er und zieht am Strick.

»Warte! Zurück nach Isenthal? Die Kuh verreckt doch! Wie viel willst du denn?«

»Fünfunddreißig.«

»Fünfunddreißig? Scheißt sie Gold?«

»Nein. Aber sie ist …« Walter zögert. »Sie ist eine Wunderkuh. Und wenn wir nicht müssten, würden wir sie ganz sicher nicht verkaufen.«

»So? Eine Wunderkuh?«

»Sie kann schwimmen!«, meldet sich nun Willi, und Walter bestätigt:

»Sie ist quer über den See geschwommen. Der Birki-Bauer ist Zeuge. Er hat sogar gesagt, sie ist eine Seekuh.«

Ich muss lachen. So was habe ich nun wirklich noch nie gehört.

»Na gut, dreißig kann ich dir für die Seekuh bieten, aber mehr nicht.«

»Fünfunddreißig. Und den Strick können Sie behalten.«

Ich betrachte den Jungen. Er erinnert mich an Tells Bruder, Peter. Der wusste sich auch mit Argumenten zu wehren, war gut mit Worten. Also zähle ich dreiunddreißig Münzen ab und stecke sie in ein Säcklein.

»Dreiunddreißig«, sage ich. »Und das Säcklein kannst du behalten.«

Walter hält mir seine zitternde Hand entgegen und macht ein Gesicht, als sei er kurz davor loszuheulen. Er bedankt sich mit einem flüchtigen Nicken, dann tritt er zu der Kuh hin, streichelt ihr mit flacher Hand übers Fell und schnieft nun tatsächlich.

»Du musst jetzt eine Brave sein, verstanden?« Er legt seinen Kopf auf ihren Rücken, und die Kuh lässt es zu, schnuppert den Boden ab und gibt ein tiefes Muhen von sich.

Walter

Willi weint leise vor sich hin, schleppt sich mit letzter Kraft voran. Der schmale Pfad am Seeufer ist schwierig gewesen, und die Kletterei über die Leitern für Willi fast unmöglich. Jetzt bereue ich auch, einen Bogen um den Birki-Hof gemacht zu haben, wo wir Unterschlupf hätten finden können. Aber so spät am Abend soll man die Leute nicht aus ihren Betten jagen. Ob wir besser umkehren? Ich bleibe stehen und blicke zurück, dann wieder vorwärts. Das Dorf muss jetzt ganz in der Nähe sein.

»Weiter!«, sage ich, und Willi heult so laut, dass es die Wölfe hören müssen.

Es ist bitterkalt. Wenn wir uns hinsetzen, erfrieren wir. Das ist nämlich meinem Großvater passiert. Grosi Marie hat es mir einmal erzählt. Er sei auf den Markt gegangen und habe zu viel Träscht getrunken. Dann habe er sich zu spät aufgemacht und sich am Wegrand schlafen gelegt. Sei nie wieder aufgewacht.

Als wir in ein Waldstück kommen, merke ich, wie dunkel es geworden ist. Wir können den Weg nur noch erahnen, und Willi klammert sich wimmernd an mich. So schaffen wir es ganz sicher nicht bis auf den Hüttenboden. Wenn wir nur endlich aus diesem Wald rauskommen! Tatsächlich sehen wir schon bald den Kirchturm wie einen mahnenden

Zeigefinger in den Nachthimmel ragen. War ich jemals so erleichtert?

Frau Furrer macht die Tür auf. Sie steckt in einem Schlafrock und sieht mit ihrem losen Haar ganz anders aus als sonst. So stelle ich mir eine Eishexe vor.

»Jesus!«, entfährt es ihr. Sie dreht sich um, als wolle sie gleich zu Vater Taufer laufen, aber dann fragt sie: »Wo ist euer Vater?«

»Sie bringen ihn nach Küssnacht«, presse ich hervor, denn meine Tränen sind jetzt ganz zuvorderst.

Die Wärme des Hausinnern schwappt uns entgegen, und wenn uns Frau Furrer noch einen Atemzug länger auf der Türschwelle stehen lässt, werde ich sie zur Seite stoßen.

»Kommt!«, sagt sie und führt uns ans Küchenfeuer.

Wir setzen uns erschöpft auf eine Bank, starren wortlos in die Glut und trinken gierig die Milch, die uns die Pfrundsfrau in Bechern überreicht. Sie verschwindet und kommt nach einer Weile mit Vater Taufer zurück, auch er im Schlafrock. Sein Gesicht ist zerknittert, er reibt sich die Augen, doch als er uns an der Feuerstelle sitzen sieht, ist er hellwach. Er will wissen, was passiert ist, doch ich bitte ihn, für Willi eine Schlafstelle herzurichten.

»Gute Nacht.« Vater Taufer deckt uns zu. »Deus caritas est.«

Die Treppe knarrt, als er hinunter in die Küche steigt. Es ist stockdunkel im Zimmer des Priesters.

»Walter?«, fragt Willi ins Dunkel hinein. Wir liegen Seite an Seite. »Was machen sie mit Vater?«

»Schlaf jetzt«, sage ich, denn ich habe keine Antwort auf seine Frage. Kurz darauf schnarcht er leise neben mir.

Ich bin so müde, trotzdem kann ich nicht einschlafen. Tausend Gedanken und Bilder und Gesichter jagen durch meinen Kopf. Das Zimmer des Priesters riecht fremd, und das Bett ist so weich, dass ich Angst habe, darin zu versinken. Die Bettdecke ist dick und schwer, erdrückt mich fast.

Ich sehe meinen Vater. Er schaut mich entsetzt an. Er will etwas sagen, seine Lippen bewegen sich, doch er bringt keinen Ton heraus. Und ich stehe da, will etwas entgegnen, aber Vater dreht sich um und geht. Ich renne hinter ihm her, versuche, ihn einzuholen, aber er ist immer ein wenig schneller als ich.

Vater Taufer

Als gäbe es nichts Selbstverständlicheres, ja, fast so, als hätte sie die Knaben erwartet, hat Frau Furrer sie in die Küche gebeten, hat sie verpflegt, gewaschen und zu Bett gebracht. Als hätte sie das schon oft gemacht. Sie hat eine ganze Portion Liebe zu geben, wenn sie nur die Gelegenheit dazu bekäme.

Wir sitzen eine Weile schweigend am Küchentisch, denn wir können uns keinen Reim machen.

»Etwas muss in Altdorf vorgefallen sein«, sage ich.

»Tja.« Frau Furrer weiß das auch.

»Tell muss den Habsburgern in die Quere gekommen sein.«

»Das ist nicht verwunderlich!« Und etwas leiser ergänzt sie: »Die armen Buben.«

Bevor ich mit dem Bett in der eiskalten Gästekammer vorliebnehme, schaue ich oben in meinem Zimmer nach dem Rechten. Die Buben schlafen tief und fest, liegen dicht beieinander, die Gesichter entspannt, die Atemzüge matt.

Ihr Vater Wilhelm ist im selben Jahr geboren wie ich. Weil er aber auf dem abgelegenen Tellhof aufwuchs, habe ich ihn nur selten zu Gesicht bekommen, meistens sonntags, wenn uns Vater Loser nach dem Gottesdienst auf seine Ausflüge mitgenommen hat. Ich bekreuzige mich. Vater

Loser, der in diesem Bett seine letzten Atemzüge getan hat, kurz nachdem ich die Priesterweihe empfangen habe. Ich spreche ganz leise das Vaterunser und danke Gott, dass ich diesen reinen Geschöpfen Schutz und Unterkunft gewähren darf. Ihnen soll nicht widerfahren, was ihrem Vater und mir widerfahren ist.

In der Gästekammer ziehe ich mich aus und knie mich nackt vor den kleinen Jesus, der am Kruzifix an der Wand hängt. Ich falte meine Hände, senke mein Haupt und bete für Wilhelm Tell, bitte Gott, Nachsicht mit diesem armen Sünder zu haben und ihn in sein Himmelreich aufzunehmen, sollte er den Tag nicht überlebt haben.

Kapitel 7

»… bald ist auch der See verschwunden, dieses nasse Grab.«

Häsi

Wir tasten ihn nach Waffen ab, finden ein kleines primitives Messer, binden seine Hände auf den Rücken und legen ihm einen Strick so eng um den Hals, dass bei jedem Atemzug ein leises Pfeifen zu hören ist. Tell scheint mich trotz meiner Scharte nicht erkannt zu haben, denn er konzentriert sich nur aufs Atmen, hat die Augen weit aufgerissen und folgt uns ohne Widerstand. Speichel tropft auf seinen Bart. Er bewegt die Lippen, als sei er in ein Selbstgespräch vertieft. Ich wüsste gerne, was er sagt.

Juppjupp ist außer sich vor Freude, jauchzt und schubst Tell, schlägt ihm mit flacher Hand auf den Hinterkopf.

»Jetzt sagst du nichts mehr, was?«, ruft er. »Jupp, jupp!« Er glaubt, er sei der Anführer dieses Trupps, nur weil Harras ihm den Auftrag erteilt hat, den Gefangenen nach Küssnacht zu bringen. »Vorwärts, Marsch!«, ruft er und geht armeschwingend voran, merkt nicht, wie uns die Leute hinterherschauen. Es gefällt nicht allen, dass wir den Schützenkönig so demütigen. Links und rechts sieht man die Bauern tuscheln, manch einer spuckt auf den Boden. Ich lasse mir aber nicht anmerken, dass sie mir Angst einjagen. Eine Schar Kinder verfolgt uns hüpfend und johlend bis zum Dorfrand, bleibt dann aber zurück. Erst als wir am See ankommen, atme ich auf, denn die meisten Bauern scheuen den See wie der Teufel das Weihwasser. Wir beladen das Boot mit Käselaiben, Hafersäcken, Rüben, Würsten, Schnaps und saurem Wein in Tongefäßen. Kaum haben wir es aufs Wasser hinausgeschoben und zu rudern begonnen, öffnet Strobl eine Pulle Wein und lässt sie die Runde machen, dabei sind einige von uns schon jetzt betrunken. Auch ich nehme einen Schluck, verziehe das Gesicht und bekomme einen Hustenanfall, was Gelächter auslöst.

»Der macht sich gleich in die Hosen!«, ruft Friesshardt.

Wir wechseln uns ab, nur Juppjupp gibt die Ruder nicht her. Er habe Kraft für zwei. Angeber.

Nicht das geringste Lüftchen. Nur dicker Nebel, der so tief überm See hängt, dass man glaubt, ihn mit den Händen berühren zu können. Jetzt macht die dritte Pulle die Runde, und der Wein schmeckt nicht mehr so sauer. Die Männer werden immer lauter. Auch ich spüre die Wärme in mir aufsteigen und lache über die Witze, die gar nicht lustig sind. Mein Körper wird angenehm taub, der Klotz, der seit Tagen in meinem Hals gesteckt hat, ist wie weggespült. Trudi. Ihr schmerzverzerrtes Gesicht, ihr blutiger Schoß, ihr Wehklagen – alles verblasst.

»Häsi!«, knurrt Klopfenstein. »Du bist wieder dran!«

Ich tausche mit ihm den Platz und schlage die Ruder ins Wasser, fühle mich stark, lache über Juppjupps kindisches Gehabe. Er erzählt uns von seinem Wortgefecht mit Tell, aber nur die Hälfte davon stimmt, ich war ja dabei. Tell kauert an der Bootswand, hat die Beine angewinkelt, die Hände hinterm Rücken, es sieht unbequem aus. Den Strick um den Hals hat ihm Mandl abgenommen, denn Tell ist schon ganz blau im Gesicht gewesen.

»Zum Teufel mit dieser Rackerei!«, ruft Friesshardt und schmeißt die Ruder hin. »Mir ist heiß.«

»Weil du besoffen bist«, sagt Strobl.

»Na und?« Friesshardt beugt sich über den Bootsrand und spritzt sich Wasser ins rote Gesicht.

Auch mir ist viel zu warm, ich schwitze unter der Schutzrüstung, obwohl die Luft kalt ist.

»Wieso muss der da nicht rudern!«, rabaukt nun auch Mandl und lässt die Ruder los.

»Er ist unser Gefangener, er gehört gefesselt!«, erklärt Juppjupp, aber Mandl erwidert:

»Leck mich doch am Arsch!«

Friesshardt, der noch immer über dem Bootsrand hängt, fällt fast ins Wasser vor Lachen. Das ganze Boot schaukelt. Tell schreckt aus seinen Gedanken. Klopfenstein hält sich an der Pulle fest und grölt: »Die liebste Holde, die ich hab, sie liegt beim Wirt im Keller; sie hat ein holzig' Röcklein an und heißt der Muskateller!«

Auch ich habe das Rudern aufgegeben, das Boot treibt schräg im Wasser.

»Weiterrudern!«, befiehlt Juppjupp. Seine gute Laune ist verflogen, ganz zu unserem Vergnügen. Wenn Juppjupp wütend ist, macht er nämlich ein Gesicht wie eine beleidigte Göre.

»Meuterei!«, ruft Klopfenstein und gibt einen Jauchzer von sich, der sogar in den vernebelten Felswänden echot.

Strobl steht auf, klettert über Zechner und Resch hinweg zu Tell und bindet ihn los.

»So, Meisterschütze, bring uns nach Brunnen!«, befiehlt er und zerrt Tell auf die Beine.

Mandl entkorkt eine weitere Pulle und trinkt.

»Setz dich wieder hin!«, brüllt Friesshardt, der sich an Klopfenstein festhält, um nicht aus dem Boot zu fallen.

»Bist du verrückt, Strobl?«, brüllt auch Juppjupp und kommt auf die Füße. »Fessle ihn wieder. Sofort! Wir müssen Tell im See versenken, hat Harras gesagt. Befehl des Landvogts!«

»Und das sagst du uns jetzt?«, ruft Friesshardt entrüstet.

»Jupp!«

»Na, wunderbar!«, ruft Strobl und gibt Tell einen Stoß. »Er kann meinetwegen rudern bis zum –«

Tell strauchelt, breitet die Arme aus, als wolle er wie ein Adler abheben, übers Wasser gleiten und dann in den Himmel stechen, doch er landet ziemlich unsanft auf Friesshardt und Klopfenstein. Wasser schwappt ins Boot, und als sich Juppjupp auf Tell wirft, um ihn zu überwältigen, schnellt die gegenüberliegende Bootsseite wie ein Katapult in die Höhe, und ich stimme in den Chor aus brüllenden und kreischenden Männerstimmen ein.

Gumpisch Bäuerin

Werde ich jetzt ganz verrückt, oder trüben die Nebelschwaden meine Sinne? Geistert es auf dem See? Treiben die Seeungeheuer ihre Spielchen? Ich könnte schwören, dass ich eben noch ein Habsburger Boot gesehen habe, von hier aus ziemlich genau in der Seemitte. Ich habe die Soldaten sogar singen und jauchzen gehört. Und ich packe die Mistgabel, ramme sie in den Haufen, streue den Mist vom Wagen auf die Wiese, blicke wieder auf den See – aber das Boot ist verschwunden, weg, als wär's nie da gewesen!

Ich schaue mich nach dem Tagelöhner um, der den Ochsen am Strick führt. Unsere Blicke treffen sich. Auch er hat etwas gesehen. Nur den Ochsen kümmert's nicht, er wedelt mit den Ohren, als verscheuche er Fliegen. Dabei ist heute nichts als Nebel in der Luft, und schon bald ist auch der See verschwunden, dieses nasse Grab.

Vater Taufer

Ich lasse die Knaben bis in den späten Morgen hinein-schlafen, trage Frau Furrer auf, das Frühstücksbrot be-reitzuhalten und unsere jungen Gäste gut zu stärken, bevor sie sich wieder auf den Weg machen.

Frau Reber hat nach mir gerufen. Ihr Mann liegt im Ster-ben. Jetzt also schon zum dritten Mal. Doch der Besuch dauert nicht lange, denn Herr Reber murrt, dass ich ihm doch schon zweimal die Letzte Ölung verabreicht habe, er sei noch immer so fettig wie eine Bachforelle in der Pfanne. Und an seine Frau gewandt, sagt er:

»Du kannst es wohl kaum erwarten, mich zu braten!«

Frau Reber gibt ihm einen Knuff und einen Kuss, streicht ihm übers Haar und verdreht die Augen. Ich habe die Re-bers schon immer gemocht, auch wenn der Alte in seinem derben Humor nicht immer brav ist. Ich spreche mit ihm das Vaterunser, segne ihn, und als ich wieder zurück im Pfarrhaus bin, schlafen die Knaben noch immer. Aber ein Bote sitzt am Tisch und kaut frisches Brot, das eigentlich für Walter und Willi bestimmt gewesen wäre.

Frau Furrer ist nervös, knetet die Hände, als der Bote noch einmal von vorne beginnt zu erzählen. Was er aus Altdorf berichtet, ist unerhört. Frau Furrer nickt mir ver-schwörerisch zu, und ich verstehe sofort: Sie hat dem Boten nicht gesagt, dass im Zimmer direkt über uns die zwei Tell-buben schlummern. Er soll machen, dass er weiterkommt, aber nicht, bevor er die Geschichte zu Ende erzählt hat.

Es ist eine schreckliche Pointe, die mir den Atem stocken lässt. Das Boot, in dem sich nebst einem halben Dutzend Habsburgern auch Tell befunden haben soll, sei mitten im See gekentert und verschwunden. Das sei jedenfalls die einzige Erklärung, denn die Habsburger hätten zwar in Flüe-len abgelegt, seien aber nie in Brunnen eingetroffen.

»Alle ertrunken! Und die ganze Ladung weg! So eine Schande. Die Soldaten und Tell sind nicht mehr. Dieser Tell war doch hier aus dem Tal, nicht wahr? Haben Sie noch etwas Milch?«

Der Bote ist nach einem weiteren Becher Milch gar nicht so schwer loszuwerden, denn er will die Geschehnisse noch bis rüber nach Emmetten tragen.

Kaum hat er sich verabschiedet, erscheint Walters erschrockenes Gesicht im Türrahmen. Er hat mitgehört. Seine Augen sind weit aufgerissen, die Schultern lässt er hängen. Ich möchte ihn in die Arme schließen, möchte ihn trösten, aber ich kann nicht, darf nicht. Ich werde mich hüten, ihn auch nur anzufassen.

Und auf einmal muss ich lächeln, muss sogar ein Lachen unterdrücken, die Erleichterung in mir nimmt überhand. Frau Furrer schaut mich entrüstet an, doch ich spüre es in meinem Herzen: Wilhelm Tell lebt.

Peter wüsste es auch, und die Gubeli-Brüder Richi und Max, Gusti, der die Mühle übernommen hat, und Ernst, der zu den Franzosen ausgewandert ist und wahrscheinlich nicht mehr lebt, denn das Söldnerleben ist für manchen recht kurz. Auch Stäubi und Dölf haben sich viel zu früh von uns Lebenden verabschieden müssen. Die Forstarbeit ist gefährlich. Aber auch sie würden mir recht geben. Wilhelm Tell lebt, so Gott will.

Die Erinnerungen tauchen auf wie tote Fische. Die Sonntagsausflüge nach Isleten, die Vater Loser mit uns Buben machte. Die langen Fußmärsche, unseren Übermut und unsere Ausgelassenheit. Das Unbehagen, wenn wir uns in einer Reihe am Seeufer aufstellen mussten, so nackt »wie die Engelein«. So nackt wie er. An seine üppige Körperbehaarung gewöhnte ich mich nie.

Er zeigte uns, wie man Schwimmzüge machte, stand breitbeinig auf einer Felsplatte, den See hinter sich, und ruderte mit den Armen. »Trockenübungen« nannte er es. Dann planschten wir im knietiefen Uferwasser, und Vater Loser brachte uns das Schwimmen bei, half einem nach dem anderen, indem er uns knapp an der Wasseroberfläche hielt, eine Hand an der Brust, die andere zwischen den Beinen. Und wir strampelten verzweifelt.

Wilhelm war kein guter Schüler. Er machte einfach nicht die richtigen Bewegungen. Aber Vater Loser war geduldig und kümmerte sich um ihn, und zwar so lange, bis sich die meisten Buben wieder auf den Nachhauseweg gemacht hatten. Dafür gab's für Wilhelm eine Belohnung: einen herrlichen Keks und ein Glas Milch, doch nur in Vater Losers Kammer.

Ich fand das damals ungerecht, schließlich hatte auch ich mir alle Mühe gegeben. Und ich war eifersüchtig auf Wilhelm, und wütend auf Vater Loser. Ich konnte kaum glauben, dass ein Priester so ungerecht sein konnte und einen einzelnen Knaben bevorzugte. Peter verstand das noch weniger, schließlich konnte er sogar besser schwimmen als sein großer Bruder. Meistens wartete er beleidigt vor dem Pfarrhaus, was ihm lieber war, als alleine nach Hause zu gehen. Die beiden waren schon damals unzertrennlich.

Dann, als es fast einen ganzen Sommer so gegangen war, lud Vater Loser auch Peter in sein Zimmer ein. Doch Wilhelm schnappte über. Er war plötzlich wie von Sinnen, kreischte und fauchte, versuchte sogar, Vater Loser zu beißen. Er packte Peter an der Hand und zerrte ihn weg, nach Hause, auch wenn Peter sich lauthals über die Ungerechtigkeit beschwerte. Schließlich hatte er so lange auf diese Gelegenheit gewartet! Auch wir übrigen Buben waren verblüfft, glaubten, Wilhelm wolle seine Kekse mit niemandem teilen, und dadurch wurde er bei uns noch unbeliebter.

Nach Wilhelms Ausraster war Platz für einen neuen Jungen, der von Vater Loser belohnt und verwöhnt werden sollte. Und dieser Junge war ich. Jeden Sonntagnachmittag brachte er mich in seine Kammer, selbst nachdem wir keine Ausflüge mehr nach Isleten machten. Im Grunde habe ich dieses Haus nie wieder verlassen, bis zum heutigen Tag.

Vater Loser sorgte gut für mich, gab mir zu essen und brachte mir Lesen und Schreiben bei. Vielleicht ließ ich es darum geschehen. Vielleicht hatte ich erkannt, dass es meine beste Chance im Leben war. Ich war in Armut aufgewachsen, mein Vater war ein Tagelöhner, meine Mutter war immer schwanger, meine zahlreichen Geschwister hatten nichts dagegen, wenn ich beim spärlichen Abendbrot fehlte. Vater Loser brachte mich näher zu Gott, ohne ihn hätte ich es nie bis zur Weihe geschafft. Er wurde alt, und so übernahm ich nebst seiner Kirchgemeinde auch seine Pflege.

Immer wenn ich an damals denke, an die Zeit, als Vater Loser mit mir machte, was er wollte, wird alles schwer an mir, mein Kopf, meine Arme, meine Beine. Mein Herz.

Ich schleppe mich die Treppe hoch und schließe mich in meiner Kammer ein. Tell mag vielleicht am Leben sein. Aber zu welchem Preis? Ich ziehe mich aus, knie schlotternd vor Jesus, der blutend am Kruzifix hängt und weit schlimmere Torturen über sich hat ergehen lassen müssen, knie mich auf ein Holzscheit, bete und weine, bis der Schmerz in den Knien so unerträglich ist, dass ich stöhnend auf die Dielen falle und eine Weile nicht mehr aufstehen kann.

Gumpisch Bäuerin

Am Abend, bevor es dunkel wird, trete ich nochmals vors Haus und blicke auf den See, der jetzt schwarz vor mir liegt und größer wirkt als tagsüber. Meine Vermutung hat sich bestätigt, die Nachricht hat sich wie ein Lauffeuer verbreitet. Ein Boot der Habsburger ist mitten im See gekentert, und alle sind ertrunken. Einfach so.

Wieso tun mir diese Soldaten leid? Ich werde in der Sonntagsmesse für sie beten, vielleicht sogar eine Kerze anzünden. Auch wenn die Habsburger schrecklich sein können, so sind auch sie nur Menschen und tragen ein Lichtlein in sich. Die Soldaten sind Söhne, und sie haben Eltern. Mein Hannes könnte einer von ihnen sein. Das Soldatenleben würde ihm vielleicht sogar gefallen, denn er hat nur Flausen im Kopf.

Jetzt liegen die Soldaten da unten auf dem Seeboden, in ihren eisernen Schutzrüstungen, die ihnen nichts als Tod und Verderben gebracht haben. Es ist ein kaltes, nasses Grab, und dieser Gedanke lässt mich schaudern.

Der Nebel hat sich endlich verflüchtigt, es ist merklich kälter geworden. Die ersten Sterne schimmern matt überm Gitschen. Ich verweile ein paar Atemzüge und bekreuzige mich, mache die Augen zu und rieche Schnee. Jetzt kommt er, fällt uns in den Rücken, der Bruder Winter.

Hedwig

Ich mag meine Buben gar nicht mehr loslassen, drücke sie so fest an mich, bis sie sich beschweren. Hätte ich sie nur nie mit Wilhelm nach Altdorf geschickt! In der Nacht, in der die drei hätten nach Hause kommen sollen, habe ich kein Auge zugemacht. Meine Mutter auch nicht. Ich habe sie seufzen, stöhnen und mit sich selber reden hören.

Doch jetzt sind sie da, meine Buben. Walter befreit sich aus meiner Umarmung und hält mir ein kleines Säcklein mit »dreiunddreißig Münzen, keine weniger, und keine mehr« entgegen, wie er stolz verkündet. Er und Willi erzählen durcheinander, was sich in Altdorf zugetragen hat, hüpfen von einem Ereignis zum nächsten, und darum offenbart sich mir die ganze Tragödie nur allmählich. Auch Mutter hört stirnrunzelnd zu. Dass sich ihre schlimmsten Befürchtungen bewahrheitet haben, erschüttert sie trotz allem. Wilhelm werden wir wahrscheinlich nie wieder zu sehen bekommen, ob er nun in den Turm geworfen oder mit den Soldaten ertrunken ist. Darüber bin ich mir schnell im Klaren – auch wenn Vater Taufer überzeugt ist, dass Wilhelm ganz einfach an Land geschwommen ist.

»So ein Quatsch!«, sagt Mutter. »Bergbauern schwimmen doch nicht. Darum sind sie ja Bergbauern!«

»Aber Vater Taufer hat es selber gesagt!«, beharrt Walter.

Der alte Priester habe den Buben früher das Schwimmen beigebracht.

»Der alte Loser?«

»Ja, genau! Und sie haben manchmal im See um die Wette getaucht. Und niemand hat so lange die Luft anhalten können wie Vater.«

»Spinner«, murmelt Mutter und schüttelt den Kopf. »Wäre er doch gleich unten geblieben.«

Ob Wilhelm schwimmen kann oder nicht, ist für mich jedoch gar nicht der Kern der Sache. Dass er meinem Walter einen Apfel vom Kopf geschossen haben soll, aus fünfzig Schritt Entfernung, zerreißt mir hingegen fast das Herz. Ich fahre mit zitternder Hand durch Walters Haar, suche eine Wunde, doch der Junge ist unverletzt, dazu noch ausgeschlafen und erholt, voller Tatendrang, und ich drücke ihn wieder an mich und küsse ihn erleichtert auf die Stirn.

Nachdem er sich gestärkt hat, macht er sich im Stall zu schaffen, füttert die Tiere und mistet aus, dann wäscht er sich gründlich am Brunnen, ohne dass ich ihn dazu auffordern muss. Sein Gesicht funkelt noch immer von Wasserperlen, als er ins Haus kommt, um Mutter zu helfen. Sie steht am Feuer und macht Käse aus der frischen Milch, als wäre es ein ganz normaler Tag.

Gumpisch Bäuerin

Mein Mann kommt aus dem Stall ins Haus und schaut mir eine Weile unentschlossen bei der Arbeit zu, starrt gedankenverloren ins Feuer und denkt so laut, dass ich es fast hören kann.

»Spuck's aus!«, fordere ich ihn auf.

»Hast du den Tagelöhner im Heu schlafen lassen?«

»Den Sepp?«

Mein Mann nickt. Ich verneine.

»Hm«, brummt er und schüttelt den Kopf. »Jemand ist im Heu gelegen, und Frida hat fast keine Milch gehabt.«

Gessler

Zwing-Uri ist eine Schande. Die Festung ist noch nicht einmal fertig, und schon baufällig. Ich bezweifle, dass sie jemals als Festung taugen wird. Die Fronarbeiter sabotieren das Vorankommen, der Baumeister schwitzt und stottert in meiner Gegenwart, die ganze Westmauer steht krumm und wackelig, was nicht verwunderlich ist, denn die Arbeiter sind betrunken. Ich befehle, die Mauer wieder abzureißen, und muss jeden Satz zweimal sagen, so ungläubig schauen sie mich an.

»Von vorne!«, brülle ich, und als sie sich ans Werk machen wollen, schnauze ich sie grad noch mal an: »Aber doch nicht heute, und nicht in eurem Zustand! Verschwindet! Und kommt erst wieder, wenn ihr ausgenüchtert seid!«

Erleichtert machen sich die Arbeiter davon. Der Baumeister wirft sich vor mir auf den Boden, küsst meine Füße und jammert, damit ich ihn nicht an Ort und Stelle hinrichte.

»Ich muss mich für meine Landsmannen schämen«, sagt von Emmen und steigt missbilligend über den Baumeister hinweg.

»Halten Sie die Klappe, Herr von Emmen«, sagt Harras, spuckt auf den Boden und verschwindet fluchend im Burginnern.

Der Nordmann schaut sich die Baustelle neugierig an und nickt mir anerkennend zu. Ich glaube, er hat nicht begriffen, wie mangelhaft das Mauerwerk ist. Vielleicht gibt es Bauten solcher Dimensionen im hohen Norden nicht.

Manchmal frage ich mich, ob er wirklich ein Mann von Adel ist oder ein Betrüger. Seinen seltsamen Namen habe ich jedenfalls noch nie gehört: Sturla, Sohn des Sighvats. Aber er ist im Besitz eines beeindruckenden Empfehlungsschreibens des norwegischen Königs und auf dem Pilgerweg nach Rom, wo er den Papst um die Vergebung seiner Sünden bitten will. Was das für Sünden sind, hat er nicht verraten wollen, hat nur abgewunken, als wär's nicht der Rede wert. Er gedenkt, über den Gotthardpass zu steigen, obwohl es dafür spät im Jahr ist. In seinem kaum verständlichen Kauderwelsch aus Nordisch, Deutsch und Latein hat er sich als Oberhaupt einer ganzen Insel vorgestellt, die es hoch oben im Norden geben soll. Eine Art Jarl oder zukünftiger König sei er, obwohl er wirklich nicht danach aussieht. Sein Bart ist ungepflegt und strähnig, sein rotbraunes Haar verfilzt, und die Stoffe seiner Kleider sind rauh. Er trägt keinen sichtbaren Schmuck. Vielleicht möchte er auf seinen Reisen nicht zu sehr auffallen. Er gleicht vielmehr einem guthabenden Bauern als einem Adeligen. Aber die Siegel und die Stempel auf seinem Schreiben sind legitim, und der Geldbeutel, den er für die Vergebung seiner Sünden in Rom brauchen wird, ist voll.

»Kommen Sie!«, sage ich ungeduldig und winke ihn ins Burginnere.

Ich werde ihn verpflegen, und morgen wird er den mühsamen Weg über das Alpengebirge antreten. Damit wird sich meine Gastfreundschaft für diesen Inselkönig erschöpft haben.

Im Wohnturm ist zum Glück ein trockener Raum zu finden. Aber das Gemäuer ist kalt und zugig, und das Feuer im Kamin qualmt. Der Schornstein ist zu groß geraten, eine weitere Fehlkonstruktion. Erst als das Feuer richtig lodert, entsteht ein Luftstrom, weshalb wir ständig Holzscheite nachlegen müssen. Am Feuer ist es brütend heiß, an der Wand gegenüber bitterkalt. Man hat die Wahl zwischen schwitzen und frieren. Ich ziehe einen Stuhl ans Feuer, setze mich und wärme meine Handflächen. Die Speisen auf dem Tisch rühre ich nicht an. Der Nordmann schielt indes gierig hinüber, also gebe ich ihm mit einer Handbewegung zu verstehen, dass er sich bedienen möge.

Der Tag wird nur noch schlimmer. Ein Bote überbringt uns die Nachricht, dass das Boot mit dem Häftling Tell und sechs Soldaten aus unerklärlichem Grund von der Seeoberfläche verschwunden sei.

»Machst du Witze?«, brüllt Harras, springt auf die Füße und wirft dabei seinen Stuhl um.

Der Bote zuckt zusammen.

»Lassen Sie ihn!«, sage ich.

Ich sitze mit hängendem Kopf da und starre in die Flammen, kann es nicht glauben, *will* es nicht wahrhaben.

»Wenigstens sind wir den Aufständischen los«, poltert Harras.

»Tell ist doch kein Aufständischer!«, fahre ich ihn an.

»Was ist er denn?« Harras setzt sein Grinsen auf, das ich so hasse.

»Ein Bergbauer!«, gebe ich zurück.

Harras wird frech:

»Von Emmen! Bitte erklären Sie dem Landvogt doch gütigst, dass Tell kein einfacher Bergbauer ist!«

Von Emmen hebt abwehrend beide Hände und gesellt sich zum Nordmann, macht sich wie er über Wurst, Käse und Brot her. Auch der Bote schaut hungrig zum Tisch.

»Wer war sonst noch auf diesem Unglücksboot?«, will ich von ihm wissen.

Der Bote weiß es nicht so genau, macht ein Gesicht, als erwarte er Prügel, aber Harras weiß es. Harras weiß alles.

»Juppjupp, Mandl, Strobl, Klopfenstein …«

»Klopfenstein? Wieso war Klopfenstein auf dem Boot?«

»Na, wegen der Ladung natürlich.«

»Es war also überladen, das Boot!« Jetzt stehe auch ich.

»So ein Pech!«, ruft von Emmen mit vollem Mund. »Alles weg?«

»Was haben diese Idioten denn mitgeführt?«, will ich wissen.

»Na, was wir so beschafft haben«, erwidert Harras. »Mehl –«

»Schnaps und Wein!«, unterbreche ich ihn. »Wer waren die restlichen Männer?«

»Zechner, Resch, Friesshardt und Häsi.«

»Ich zähle acht Männer, nicht sechs! Neun mit Tell. Zwei zu viel!« Jetzt hätte ich wirklich Lust, jemanden zu foltern.

Von Emmen fährt den Boten an:

»Kannst du denn nicht zählen, du Narr?«

Der Bote macht einen Schritt rückwärts und beginnt zu zittern. Der Nordmann hält beim Kauen inne und schaut interessiert von einem zum anderen.

»Hat hier niemand den Überblick?«, tobe ich.

Harras zuckt bloß mit den Schultern. Der Bote fragt kleinlaut: »Kann ich gehen?«

Ich schicke ihn mit einer Geste fort. Eigentlich hätte ich ihn verköstigen wollen, aber ich will jetzt in so wenige Fratzen blicken müssen wie nur möglich. Ich gleiche immer mehr den Männern, die ich so verachte, hier, am Rande unseres Reiches. Es ist eine Wildnis, und sie macht einen Wilden aus mir. Ich seufze und setze mich wieder ans Feuer.

»Der Junge mit der Scharte war also auch dabei?«

»Meines Wissens ja«, sagt Harras und schaut mich gleichgültig an.

»Der hat doch keine fünfzehn Winter erlebt.«

Harras bleibt stumm und macht sich über eine Wurst her.

Meine Gedanken jagen sich. Ich habe das Gefühl, die Kontrolle über die Dinge zu verlieren. Oder hatte ich sie nie? Ich betrachte Harras und von Emmen, die sich die Mäuler stopfen, als könnte ihnen nichts den Appetit verschlagen. Der Nordmann stochert mit dem Zeigefingernagel zwischen den Zähnen. Ich schaue wieder ins Feuer.

»Es soll niemand erfahren«, murmle ich.

»Was?«

»Niemand, versteht ihr?« Ich werde laut. »Es soll niemand erfahren!«

Harras wiegt den Kopf hin und her.

»Die Leute reden«, sagt er.

»Dann erzählen wir von einem Seemonster, meinetwegen hat der Blitz aus heiterem Himmel eingeschlagen, oder vielleicht ist es zu einem Gerangel mit dem Gefangenen gekommen, aber Habsburg darf nicht erfahren, dass die Soldaten betrunken in den See gefallen sind, verstanden?«

Plötzlich hellt sich das Gesicht des Nordmanns auf.

»Storm!«, sagt er mit rollendem r und macht die Geräusche eines Sturmwindes nach.

Ich bin plötzlich froh, dass der Nordmann da ist. Ich nicke ihm zu, denn seine Idee gefällt mir. Das Boot ist in einen Sturm geraten und verschwunden. Niemand erhebt Einspruch.

Als die Männer auf ihren Fellen eingeschlafen sind, ziehe ich einen Brief meiner Frau aus der Ledermappe und rutsche näher ans Feuer. Theresas Worte beruhigen mich, lenken mich ab. Was würde ich geben, um jetzt bei ihr zu sein. Immer wieder lese ich den Brief von neuem:

Mein liebster Hermann

Es fällt mir schwer, diese Worte zu schreiben. Ich schäme mich so. Deine Tochter hat jetzt eine richtige Erkältung. Ihre Stirn ist heiß, sie hustet und schwitzt. Jedes Husten zerreißt mir das Herz. Ich könnte mich ohrfeigen. Wieso war ich nur so dumm, mit ihr im Schnee zu spielen? Dein Vater ist mir zum Glück eine große Hilfe, denn ich glaube nicht, dass ich es ohne ihn schaffen würde. Er versichert mir, dass Julia eine starke Natur ist, es sei ihr nämlich anzusehen. Wie sehr mich seine Worte beruhigen.

Verkehrte Welt. Vergeblich versuche ich, meinen Vater zu begreifen. Wieso sträube ich mich dagegen, ihn als menschliches Wesen zu sehen, einen Menschen, der liebt, der tröstet, der sich um andere sorgt? Ich fische ein älteres Schreiben aus meiner Ledermappe.

Wir machen uns Sorgen um meinen Cousin Alfred. Seit Monaten haben wir keine Neuigkeiten von ihm. Wir wissen nur, dass er ins Land Krain entsendet und da zum Feldwebel befördert worden ist. Dabei hat er selbst mit Autorität nie gut umzugehen gewusst. Du kannst dir vorstellen, Tante Sophia macht sich schreckliche Sorgen.

Letzte Woche gab es einen Tumult in der Familie. Alfreds jüngster Bruder Ferdinand ließ sich ebenfalls im Heer einschreiben, ohne seine Eltern um Erlaubnis zu bitten. Es ist eine seltsame Sache, wenn Kinder plötzlich zu Erwachsenen werden. Ich habe Ferdinand nur als netten, verträumten Jungen gekannt, der so schön singen konnte. Und plötzlich ist er erwachsen, schultert eine Lanze und marschiert munter in den sicheren Tod. Tante Sophia weinte den ganzen Tag und wollte ihren Ferdi gar nicht mehr loslassen. Sie erlitt einen Zusammenbruch und musste von Herrn Ludwig eine beruhigende Tinktur verabreicht bekommen. Aber dein Vater ließ sich schließlich überreden, ein gutes Wort für Ferdinand einzulegen. Er zog seine Uniform an, ging in die Kaserne und unterhielt sich mit einem General, der aber recht jung war und deinen Vater leider gar nicht kannte. Hoffentlich konnte er trotzdem veranlassen, dass Ferdinand in der Reichmitte bleiben wird. Jetzt hilft nur noch beten.

Ich musste an dich denken, liebster Hermann. Viel-
leicht könnte dein Vater auch für dich ein Wort ein-
legen? Du bist schließlich sein ältester Sohn. Ich will
versuchen, mit ihm zu reden. Vielleicht kann er ver-
anlassen, dass du zurück in die Heimat beordert wirst.

Immer wieder Vater. Vater soll's richten! Ob er überhaupt
einen Gedanken an mich verschwendet? Ich lege den Brief
zur Seite und starre lange ins Feuer. Dann zücke ich meine
Schreibsachen und setze mich an den Tisch.

Hochverehrter Vater
Ich schreibe Ihnen, um zu danken. Theresa erzählt
mir in fast jedem Brief, wie liebevoll Sie sich um meine
Frau und meine Tochter kümmern. Ich kann beruhigt
sein. Für meine Tochter könnte ich mir keinen besseren
Großvater wünschen. Sollte ich jemals das Glück ha-
ben und aus dem Lande der Schwyzer zurückkehren,
ja, vielleicht sogar so alt zu werden wie Sie, sollen Sie
mir Vorbild sein. Auch meine Kindeskinder sollen die-
selbe Liebe erfahren, wie sie jetzt meine Tochter Julia
erfährt.

Ich lege ein paar Holzscheite auf die Feuerstelle, wickle ein
Schaffell um meine Schultern und lese das Geschriebene.
Ich bezweifle, dass ich den Mut haben werde, diesen Brief
in die Heimat schicken zu lassen. Ich will mich hinlegen,
befürchte aber, nicht einschlafen zu können. Schon seit
längerer Zeit plagt mich ein ungutes Gefühl. Meine Heimat rutscht immer weiter in die Ferne. Also nehme ich ein

neues Blatt, denke eine Weile mit geschlossenen Augen nach, spüre die Wärme des Feuers auf meinem Gesicht, und dann schreibe ich, ohne die Feder auch nur einmal abzusetzen.

Liebe Tochter

Dies ist mein erster Brief an dich, und es ist vielleicht der erste Brief, den du in deinem Leben erhältst. Doch er erreicht dich Jahre, bevor du ihn überhaupt verstehen, geschweige denn lesen kannst. Deine liebe Mutter soll den Brief für dich aufbewahren und ihn dir überreichen, wenn der richtige Zeitpunkt gekommen ist. Ich hoffe, dass ich dann dabei sein werde. Nun, da ich diesen Brief schreibe, bin ich viele Tagesreisen von euch entfernt, doch ihr seid tief im Innern meines Herzens, und ich werde keinen einzigen Tag damit vergeuden, nicht an euch zu denken.

Liebe Tochter, ich habe dich noch nie gesehen. Als ich fern der Stammländer den Landfrieden verkünden sollte, warst du noch immer im Bauch deiner Mutter. Und doch sehe ich dich vor meinem inneren Auge, ich sehe, wie schön du bist, wie ehrlich und neugierig deine Augen blicken. Ich weiß, dass deine Haare so blond sind wie meine. Ich weiß, dass du so klein bist, dass ich dich in mein Wams stecken könnte.

Doch du weißt gar nicht, dass es einen Mann gibt, der dein Vater ist und immer an dich denkt.

Raab

Endlich graut der Morgen, bald kommt Leben ins Dorf. Ein Hahn kräht seit einer Weile, und ich habe die ganze Nacht kein Auge zugetan. Ich glaub's einfach nicht, bring's nicht in meinen Schädel! Und doch erstaunt es mich nicht im Geringsten, dass Juppjupp und Strobl und Friesshardt und all diese Idioten in den See gefallen sind, so besoffen, wie die waren. Häsi tut mir leid. Armes Schwein.

Mir schaudert. Wie kalt das Wasser da draußen ist, wie bodenlos der See. Wie dunkel die Tiefe.

»Sägebarth!«, belle ich.

Der Alte schreckt hoch, wedelt mit Armen und Beinen wie ein Käfer auf dem Rücken. Ich lache. Sägebarth lallt ein paar unverständliche Verwünschungen.

»Bitte um Erlaubnis, pinkeln zu gehen!«

»Erteilt«, knurrt Sägebarth.

Er ist eigentlich viel zu alt für das Soldatenleben, ist grau von oben bis unten, aber vielleicht zeugt es von Intelligenz, dass er so viele Jahre im Dienst diverser Könige überlebt hat.

Dass mein Hintern schmerzt, merke ich erst, als ich aufstehe. Eine Pulle fällt mir aus dem Schoß, doch sie zerspringt glücklicherweise nicht. Verfluchter Träscht. Wenigstens ist einem dann nicht so kalt.

Der Dorfplatz ist noch menschenleer. Seit dem Vortag scheuen ihn die Leute oder nehmen lieber einen Umweg in Kauf, um den Hut auf der Stange zu meiden. Wer eines der Häuser ringsum betritt oder verlässt, tut es in Eile, verbeugt sich nur hastig und macht sich vom Acker. Verfluchte Feiglinge.

Trotzdem bin ich jetzt heilfroh, dass Harras mich zur Hutwache verdonnert und nicht mit Tell auf das Boot beordert hat. Ich lebe, und das können Juppjupp und Strobl und Friesshardt und Häsi nicht von sich behaupten. Diese Esel.

Ich halte mich an der Stange fest, bis sich der Platz nicht mehr um sie dreht. Da drüben ist die Linde, da hat Tells Sohn gestanden, und als sein Vater den Bolzen auf ihn losgelassen hat, hat der Junge nicht einmal mit der Wimper gezuckt. Die Farbe ist ihm aus dem Gesicht gewichen, dann ist er in sich zusammengesackt und mit den Apfelstücken auf den Boden gefallen. Zuerst habe ich geglaubt, Tell habe ihn getroffen. Aber dann –

»Wenn du wieder an die Stange schiffst, versohl ich dir den Hintern«, knurrt Sägebarth und blinzelt zu mir hoch.

»Immer mit der Ruhe«, gebe ich zurück, salutiere und torkle los.

Eine schmale Gasse führt zwischen zwei Häusern zu einem Hinterhof mit Miststock und Hühnerstall. Vom krähenden Hahn abgesehen hat man hier seine Ruhe. Ich pinkle in eine Jauchepfütze und muss einen Schritt zur Seite machen, denn die Pfütze läuft über. Dann höre ich auf einmal Schritte hinter mir, erkenne aber nur eine dunkle Gestalt aus dem Augenwinkel.

»Sägebarth«, sage ich genervt. »Einer muss auf den Hut aufpassen, damit er nicht davonfliegt!«

Es ist aber nicht Sägebarth, der hinter mir stehen bleibt. Es ist Tell. Ich weiß es sofort, erkenne ihn an seiner untersetzten, sperrigen Gestalt.

Mein Herz pocht laut, doch ich drehe mich nicht um, sage nichts weiter, halte nur meinen Pimmel in der Hand und schaue auf den Strahl, denn ich weiß ganz genau, dass mich der Bergbauer bei der kleinsten Bewegung abstechen würde.

»Dreh dich nicht um«, knurrt er.

Mein Strahl versiegt, ich packe ein und warte ab.

»Bist du an Land geschwommen?«, frage ich, denn es könnte ja sein, dass ihn ein Seeungeheuer geschluckt und dann wieder ausgespuckt hat. Aber Tell gibt keine Antwort, und das braucht er auch gar nicht. Wie sonst hätte er das Bootsunglück überleben sollen? »Und die anderen?«

Wieder gibt er keine Antwort, schweigt, wartet vielleicht, bis ich selbst auf den Trichter komme. »Die sind ertrunken«, sage ich. Dann fällt mir ein, dass ich mich bei ihm entschuldigen könnte. »Tell«, und ich meine es ehrlich, »das mit deiner Mutter tut mir leid. Ich wollte nicht –«

Tell knurrt, darum halte ich die Klappe. Vielleicht hätte ich besser nichts gesagt, vielleicht will er mich genau deswegen abmurksen, hier in diesem stinkenden Hinterhof. Das wäre bitter.

»Wo ist er?«

Er fragt es leise, langsam und deutlich, macht nach jedem Wort eine ganz kurze Pause.

»Wo ist dein König?«

Gessler

Eine Hand berührt mich an der Schulter und rüttelt mich sanft wach. Theresa, denke ich, doch als ich die Augen öffne, steht der Nordmann über mir und blickt auf mich runter. Ich richte mich hastig auf und räuspere mich, versuche, wach zu werden. Der Nordmann lässt mir Zeit, fährt sich mit der Hand gemächlich durch den Bart. Dann erklärt er mir in Zeichensprache, dass er sich nun auf den Weg machen werde.

»Takk«, flüstert er, legt die Hand aufs Herz und verbeugt sich vor mir, dann dreht er sich um und verschwindet.

Nimm mich mit!, möchte ich ihm hinterherrufen, aber die Müdigkeit zerrt mich zurück auf die Schlafstätte, und eine Wanderung über den verschneiten Gotthard ist in diesen Morgenstunden nach einer schlaflosen Nacht kein verlockendes Unternehmen.

Raab

Als ich mich wieder zu Sägebarth setze, bin ich fast nüchtern. Ihm fällt nicht auf, dass ich länger weg gewesen bin, als sogar er zum Pinkeln braucht. Vielleicht ist es ihm einfach egal. Er schaut mich an, schaut auf die Häuser, und schon fallen ihm die Augen wieder zu. Er hat auch nicht bemerkt, dass ich meine Armbrust nicht mehr auf dem Rücken trage und sämtliche Bolzen in meinem Köcher fehlen.

Ich hebe die Pulle hoch, halte sie vor mein Gesicht, schüttle sie, dann kippe ich den Inhalt neben mir auf den Boden. Und wie der letzte Tropfen aus der Flasche kullert, beginnt es zu schneien. Wie auf Kommando. Zauberhaft. Ich recke mein Gesicht gen Himmel. Die Schneeflocken kitzeln auf der Haut, und ich muss lächeln. Ich denke an Juppjupp und an Häsi, und ich denke an den Höllenfürsten Harras. In gewisser Weise bin ich stolz darauf, die Bolzen spendiert zu haben, die ihn zur Strecke bringen werden.

Vater Taufer

Ich kann mir nicht helfen. Immer, wenn ich einen toten Menschen vor mir habe, sehe ich Vater Loser, und ich muss zweimal hingucken. Das mache ich auch jetzt, als wäre es ein Ritual. Ich schaue an die Zimmerdecke, bekreuzige mich, atme tief durch und wage den zweiten Blick.

Es ist Herr Reber. Er hat die steinerne Farbe des Todes im Gesicht, seine Augen sind geschlossen, sein Gesichtsausdruck ist unbestimmbar, gelöst, und zugleich starr. Wie die allermeisten Toten sieht er nicht so aus, als habe er den Herrgott in all seiner Pracht erblickt. Seine Frau steht schweigend neben mir, sie weint nicht, aber ich spüre ihre Trauer.

Jeder trauert auf seine Weise. Die meisten weinen, einige lachen, viele sind erleichtert, mitunter auch neidisch. Das Himmelreich ist eine Verlockung. Manche sind wie gelähmt, andere ganz aufgekratzt. Der Tod hat zahlreiche Fratzen, oft kommt er unangekündigt, nur selten kann man sich auf seinen Besuch vorbereiten. Manchmal erscheint er in der Gestalt eines jungen Priesters.

»Darf ich Ihnen einen Träscht anbieten?«, fragt Frau Reber und lässt mich, nachdem ich ihr zugenickt habe, allein mit ihrem verstorbenen Mann zurück.

Wieder sehe ich Vater Loser. Ich denke an seine letzten

Stunden. Es war tiefe Nacht, Frau Furrer schnarchte. Vater Loser rief mich zu sich in die Kammer, bat mich, seine Beichte abzunehmen, denn er habe schlecht geträumt. Also setzte ich mich an sein Bett.

Er hatte einiges zu beichten, böse Gedanken, Ungeduld, Angst vor dem Tod und einen Appetit nach Käse, Wurst und Wein, den er einfach nicht stillen könne, selbst nach Jahren der Völlerei. Er redete frisch drauflos, war hellwach, während ich schlotternd auf dem Schemel saß und zuhörte. Endlich unterbrach ich ihn:

»Möchten Sie etwas beichten, das sich früher zugetragen hat?«

Vater Loser schaute mich verblüfft an, entrüstet über meine Frage. Dann sah er an mir vorbei, machte ein beleidigtes Gesicht und sagte:

»Da gibt es nichts. Sprich mich jetzt von meinen Sünden los.«

Diese Worte vergesse ich nie wieder: *Da gibt es nichts. Sprich mich jetzt von meinen Sünden los.*

Früher echoten diese Worte ganze Tage lang in meinem Kopf. Ich brachte sie nicht zum Verstummen. Sie trieben mich fast in den Wahn. Jetzt sind sie wieder da.

»Ego te absolvo a peccatis tuis«, sprach ich, und sprach es für mich. »In nomine Patris et Filii et Spiritus Sancti. Amen.«

Vater Loser blieb liegen, ich stand auf, ging nach unten in die Küche, um ein Messer zu holen, entschied mich dann aber doch für eine Trockenwurst.

Aloisa

Es ist dieses Bild der drei Kinder, das den Deckel meiner Erinnerungstruhe aufreißt, obwohl ich geglaubt habe, diese Truhe gut zugemacht zu haben. Sie liegen allesamt im Großmutterbett, Walter, Willi und Lotta in der Mitte, von ihren Brüdern flankiert, damit sie nicht aus dem Bett fällt. Dieser Anblick würde selbst das steinerne Herz eines Bergtrolls weich werden lassen.

»Wie sie gewachsen sind!«, flüstert Hedwig.

Lotta schläft mit offenem Mund, atmet unregelmäßig, schnappt manchmal nach Luft, aber das ist normal bei solch kleinen Geschöpfen, wie ich Hedwig versichere, denn sie hat seinerzeit genauso ruckhaft geschlafen. Sie, Hedwig – und ihre Schwester.

Hedwig legt ihren Arm um mich und ihren Kopf an meine Schulter, macht es ganz sanft.

»Zum Glück ist noch Platz in meinem Bett«, sagt sie kichernd.

Die Dunkelheit hat uns längst umhüllt, die letzten Schritte sind ein Tasten, ein Sich-mit-Flüsterworten-Verständigen. Die Nacht ist mondlos, aber die Sterne funkeln in der kalten Luft. Der Wald ist schwärzer als Kohle.

»Ich bin so erleichtert, dass meine Buben wieder da sind«, flüstert Hedwig.

Wir liegen uns gegenüber, einander zugewandt, sehen uns aber in der Dunkelheit des Zimmers nicht. So dicht habe ich schon lange nicht mehr mit meiner Tochter gelegen.

»Ich auch. Ich könnte es nicht verkraften, auch nur einen von ihnen zu verlieren«, gestehe ich.

»Oh, liebe Mutter.«

Hedwig tätschelt mir tröstend den Arm. Aber ich habe noch nicht ausgeredet, werde plötzlich geschwätzig, als führe ich in der Dunkelheit ein Selbstgespräch.

»Ab sofort gibt es in dieser Familie keine Abenteuer mehr, keine gefährlichen Bergwanderungen, keine Provokationen, keinen Ärger mit den Habsburgern und kein Apfelschießen. Wir dürfen nicht auffallen. Ab jetzt ziehen wir die Köpfe ein!«

»Was machen wir, wenn Wilhelm nicht mehr kommt?«

Hedwig fragt es besorgt. Ich überlege lange. Denke an die schrecklichen Tage, als sich mein Mann beim Fällen einer Tanne tödlich verletzt hat. Die Tanne hat beim Fallen nach hinten ausgeschlagen wie ein riesiges Pferd. Er hat sich wieder aufgerappelt und ist nach Hause gehumpelt. Bleich ist er gewesen, gekrümmt, hat sich ins Bett gelegt und kurze, abgehackte Antworten auf meine Fragen gegeben. Wenigstens habe ich erfahren, was sich im Wald zugetragen hat.

Später sprach er von seinen etwas kauzigen Verwandten, die weit oben im Isental zu finden seien, fern der Dorfgrenze, ganz hinten auf dem Hüttenboden, wo man nicht mehr weiterkomme. Der alte Tell, der da mit seiner Frau und mindestens zwei Söhnen lebe.

»Wir haben Walter«, sage ich mit Überzeugung in der Stimme. »Und wir haben uns. Wir haben dich, Hedwig, die Kämpferin, wie dein Name schon sagt, und wir haben ein solides Dach überm Kopf. Dieser Hof gehört uns, niemand will ihn uns wegnehmen, und wir haben zwei Kühe im Stall, Hühner, und wir haben einen Sack voll Silber. Dreiunddreißig Münzen, keine weniger und keine mehr!«

Hedwig lacht unterdrückt.

»Wie ist ihm das nur gelungen?«, sagt sie.

»Walter ist ein toller Bursche«, stimme ich ihr zu. »So einen habe ich mir auch immer gewünscht.«

Hedwig entgegnet nichts, und so füllt sich der Raum mit Stille. Sie ist uns beiden unangenehm.

»Mutter?«

»Ja.«

»Wie viele Geschwister habe ich?«

»Keine. Sie sind tot.« Hedwig seufzt, und ich schäme mich über meine grobe Antwort. Deshalb sage ich: »Drei.« Und weil Hedwig weiterhin angespannt lauscht, erzähle ich ihr, was ich eigentlich nicht erzählen will. Meine toten Kinder sind Schicksalsschläge, an die ich nicht mehr denken will. Doch kein Kind, getauft oder nicht, hat es verdient, vergessen zu werden. Und als ich heute Abend die drei Geschöpfe im Bett habe liegen sehen, zwei Buben und ein Mädchen, habe ich nicht anders gekonnt, als an meine drei Kinder zu denken, die möglicherweise so schön und so mutig geworden wären wie Hedwigs Kinder. Zwei Buben und ein Mädchen.

Dann schweige ich abrupt, doch in diese Stille hinein höre ich, dass Hedwig weint.

»Jetzt heul nicht!«, flüstere ich, denn es ist mir ja auch gelungen, für meine kleinen totgeborenen Buben keine Tränen zu vergießen. Auch um Hedwigs große Schwester, die zwar schnaufend auf die Welt gekommen ist, aber den Winter nicht überlebt hat, habe ich nicht geweint. Es nützt schließlich nichts, Tränen haben noch nie jemanden zurück zu den Lebenden gebracht. »Reiß dich zusammen, Hedwig. Du musst nicht wegen mir weinen.«

»Es sind *meine* Geschwister, und darum darf ich weinen, wann immer es mir passt«, gibt Hedwig zurück und schnieft. »Und zudem spüre ich deinen Schmerz, Mutter. Deinen Schmerz, nur ein einziges Kind im Bett gehabt zu haben, und nicht deren vier.«

»Dummes Zeug«, sage ich und drehe mich um, drehe Hedwig den Rücken zu, denn ich habe nichts mehr zu sagen.

Hedwig lässt einige Augenblicke verstreichen, rutscht näher an mich heran und legt ihren Arm um mich, drückt mich ein wenig an sich.

»Gute Nacht, Mutter«, sagt sie, und ich bin froh, dass ich jetzt nichts mehr sagen muss, denn mein Hals ist wie zugeschnürt. Dass mir nicht doch noch die Tränen kommen, liegt nur daran, dass ich an diesen Querkopf Wilhelm Tell denke, der imstande gewesen ist, Walter einen Apfel vom Scheitel zu schießen. Wenn er hier wieder auftauchen wird, werde ich –

Ach was. Der taucht hier nicht wieder auf. Der hockt irgendwo in einem Verlies, verstümmelt, geblendet, oder liegt ganz unten auf dem Boden des Urnersees, wo er sich weiterhin mit den Gebeinen der Habsburger zanken kann.

Soll er doch.

Kapitel 8

»Sie alle sind Tell.«

Harras

Gessler, dieses welke Mauerblümchen, ist seit dem Apfelschuss nicht mehr derselbe. Jetzt ist er dauerbeleidigt. Er macht ein verbittertes Gesicht, scheint manchmal ganz nah dran zu sein, die Nerven zu verlieren. Die Nachricht über das Bootsunglück hat ihn an den Rand der Verzweiflung gebracht. Als sich der Gast aus dem Norden verabschiedet und sich trotz Wintereinbruchs die Reuss aufwärts Richtung Rom davongemacht hat, ist Gessler den Tränen nahe gewesen. Wahrscheinlich wäre er auch gern abgehauen.

Jetzt gibt er seinem Pferd die Sporen, als wären uns die Osmanen auf den Fersen. Für gewöhnlich geht er mit Tieren behutsamer um, dieser Welpenstreichler. Lange wird er es hier nicht mehr aushalten, das ist sicher. Er ist völlig am Ende. Ich wette, dass er sich noch vor der Sonnenwende zurück in die Reichmitte schleicht und seine kümmerliche Karriere glanzlos beendet. Mir ist das wurst, denn Leute wie dieser Gessler schaden nur unserem schlechten Ruf. Er prescht Richtung Flüelen, kümmert sich weder um die Fußsoldaten, die wir weit zurückgelassen haben, noch um die Schneeflocken, die uns ins Gesicht prasseln.

Die Welt um uns herum ist plötzlich weiß geworden. Dick fällt der Schnee, liegt schon knöchelhoch. Jetzt wird's Winter. Gut so, denn für uns heißt das Zeit zum Schlemmen.

Gessler

Der Schnee tröstet mich. Er erinnert mich an meine Kindheit. Ich denke an meine Tochter, und ich denke an die Kinder, die ich mit meiner lieben Frau noch haben werde, so Gott will. Es macht mir nichts aus, dass mir die Schneeflocken ins Gesicht wirbeln. Ich kneife die Augen zusammen und halte den Kopf etwas gesenkt.

»Herr Gessler, die Fußsoldaten! Wollen wir nicht warten?«, höre ich von Emmen rufen. Aber ich tue so, als habe ich ihn nicht gehört. Im Galopp kann ich allein sein mit mir und meinen Gedanken.

Aber die Ruhe währt nicht lange. Eine Frau versperrt uns mit ihrer ganzen Kinderschar den zu beiden Seiten zugewucherten Weg und macht keine Anstalten, ihn freizugeben. Sie steht aufrecht und entschlossen, meint es tatsächlich ernst.

»Hooo!«

Knapp vor der Frau kommt mein Pferd zum Stillstand. Der Atemdunst aus seinen Nüstern schlägt ihr ins Gesicht. Sie sieht erschöpft und wütend zugleich aus, weicht aber keinen Schritt. Ihr Kopftuch ist verrutscht, das schweißnasse Haar klebt auf der Stirn. Ängstlich klammern sich die kleineren Kinder an ihren Rock, die größeren schauen zu Boden. Harras bringt sein Pferd neben mich. Von Emmen bleibt hinter uns.

»Aus dem Weg, Weib!«, befiehlt Harras.

Ihr Gesichtsausdruck verändert sich plötzlich, als erkenne sie meinen Handlanger. Trotzdem ist sie nicht gewillt, beiseite zu treten.

»Hörst du?«, donnert Harras. »Mach Platz! Ich sag's nicht noch mal!«

»Nein!« Die Frau beginnt zu zittern.

»Nein?« Harras ist erstaunt. »Willst du, dass wir dich übern Haufen reiten?«

Die Frau holt Luft, fasst Mut. Dann schaut sie mich an.

»Herr Landvogt«, sagt sie und versucht dabei, Harras nicht zu beachten, der sein Pferd bedrohlich nah auf sie zuschreiten lässt. »Mein Mann ist schon seit Tagen in Küssnacht eingesperrt. Er hat nichts verbrochen.«

»Wenn er in Küssnacht einsitzt, hat er ganz bestimmt etwas verbrochen!«, mischt sich Harras ein.

Die Frau dreht den Kopf ein wenig und kneift die Augen zusammen.

»Du hast ihn selbst verschleppt, du Hund. Hast unseren Hof geplündert und meine Tochter –« Ihre Stimme versagt, und ihre älteste Tochter blickt beschämt zu Boden. Doch die Mutter gibt noch nicht auf: »Ich bitte Euch, Herr Landvogt. Wir haben nichts verbrochen. Ich flehe Euch an, lasst meinen Mann frei. Ohne ihn bringe ich meine Kinder nicht durch den Winter!«

Sie ist stolz, wischt sich die Tränen aus den Augen, als würde sie sich darüber ärgern. Es ist ihr schwergefallen, mich anzuflehen, und sie verzieht den Mund, als hätten die Worte einen bitteren Nachgeschmack.

Ich bezweifle, dass ihr Mann noch lebt, denn Harras hat

mich weder über eine Festnahme informiert, noch halten wir in Küssnacht Gefangene. Wenn er den Bergbauern verschleppt hat, hat er ihn wahrscheinlich im See versenkt. Ich werfe Harras einen Blick zu. Er ist ein Teufel. Jetzt brüllt er:

»Aus dem Weg, du verfluchtes Weib! Ich sag's dir ein allerletztes Mal, dann zertrample ich dich und deine Brut, es ist mir –«

»Harras!«, entfährt es mir. Ich habe ihn so satt! »Harras, wenn Sie –« Aber es ist wie verhext, die Worte bleiben mir im Hals stecken. Ich wende mich Worte ringend von Emmen zu, doch der schaut mich nur verwundert an, als verstehe er meine Wut nicht. Ich schlucke sie runter und befehle: »Da, durchs Gestrüpp, über den Acker und weiter vorne wieder auf den Weg. Los!«

Von Emmen begreift und macht Anstalten, sein Pferd in die Büsche zu lenken.

»Herr Landvogt!«, fleht die Frau erneut, doch ich wende bereits mein Pferd und reite von Emmen hinterher, der sich durch die Hecken am Wegrand schlägt und auf den verschneiten Acker hinausreitet. Harras folgt uns fluchend.

Das Feld ist weit und weiß, der Boden weich. Von Emmen lässt sein Pferd in vollem Galopp durch den Schnee jagen, ich reite dicht hinter ihm, versuche, ihn einzuholen. Doch dann vernehme ich einen metallenen, kurzen Klang, *tock*, als hätte ein Kesselflicker mit dem Hammer aufs Blech geschlagen. Einmal nur. Ist es Harras' Schwert, das ihm an den Steigbügel schlägt? Ist es das Klappern unserer Rüstung, das Rasseln des Zaumzeugs?

Plötzlich hängt von Emmen schief im Sattel, rutscht

langsam zur Seite und fällt schließlich ganz vom Pferd. Während eines kurzen Augenblickes hängt er seitlich in der Luft, dann prallt er hart auf dem Boden auf und überschlägt sich einige Male, so dass Schnee und Erde in die Höhe spritzen. Fast reite ich über ihn, doch ich kann im letzten Moment an den Zügeln reißen und mein Pferd haarscharf an ihm vorbeileiten. Ich wende und schaue mich nach ihm um. Von Emmen liegt in bizarrer Körperhaltung am Boden und bewegt sich nicht.

Harras kommt langsam auf mich zugetrabt und schaut sich geduckt nach allen Seiten um. Jetzt erst begreife ich – ein Hinterhalt! Wir –

Jemand verpasst mir einen heftigen Schlag in den Nacken, die Wucht reißt mich fast vom Pferd. Heißer Schmerz, lautes Rauschen in den Ohren. Etwas brennt in meiner Kehle. Ich lasse die Zügel los und greife mit beiden Händen an meinen Hals, ertaste den Spitz des Bolzens, der mich von hinten durchbohrt hat und unterm Kinn aus dem Hals ragt. Ich reiße den Mund auf, möchte schreien, bringe aber keinen Ton hervor. Ich schmecke Blut, viel Blut, verschlucke mich daran und huste es wieder aus. Mein Pferd wackelt mit den Ohren. Nass und warm ist das Blut.

Ich habe Angst.

Vater, was soll ich tun?

Nicht bewegen! Die Hände an meinen Hals pressen und keine Regung. Sterbe ich? Vater! Ich lasse mich vom Pferd gleiten und falle in den Schnee. Neben mir liegt von Emmen. Er hat ein kleines Loch im Brustpanzer, genau da, wo sein Herz zu vermuten ist. Er zieht eine seltsame Fratze, schaut in den Himmel, ohne richtig zu schauen.

Es ist plötzlich ganz still auf dem Acker. Die Pferde neben uns stehen ruhig und gelassen, schnauben und schnuppern den Boden nach Essbarem ab. Sie kümmern sich einen Dreck um uns Menschen. Ich bemerke noch, wie sich Harras vom Pferd schwingt, sich hinter dem Tier duckt und sein Schwert zieht. Dann verschwindet er aus meinem Blickfeld, und ich wende mich dem Himmel zu.

Harras

Ich sehe dich, du Lump. Da vorne im Gestrüpp hockst du, bist fast zugeschneit. Wenn uns das Weib und ihre Bengel nicht den Weg versperrt hätten, wären wir dir völlig ahnungslos direkt vor den Lauf geritten. Wie konnten wir nur so tolpatschig in diesen Hinterhalt geraten! In Gesslers Gegenwart werde sogar ich nachlässig. Jetzt liegt er zitternd neben von Emmen, ich höre ihn würgen und gurgeln, beide Hände an den Hals gepresst. Sein Gesicht ist voller Blutspritzer, sein blondes Haar glänzt rot.

»Teufel, verdammt!«, brülle ich, so laut ich kann, aber der Schnee schluckt meinen Fluch. Ich sehe dich, und ich sehe nur dich, sonst niemanden. Bist du alleine gekommen? Willst du etwa Selbstmord begehen, du hinterhältiger Lump? Aber jetzt heißt es Mann gegen Mann. Du und ich und der verschneite Acker.

Jetzt kriechst du aus deinem Versteck hervor, richtest dich auf und spannst deine Armbrust. Mach nur, ich habe Zeit. Die Distanz ist groß, du wirst mich nicht so einfach treffen, ich spüre das, ich hab's im Blut, ich sehe in die Zukunft, meine Zeit ist noch nicht gekommen. Ich könnte auf dich zulaufen, könnte es dir einfach machen. Ich kann mich fast nicht zurückhalten, denn ich kann's kaum erwarten, dich niederzustrecken und in deinem eigenen Blut liegen zu sehen. Aber leichtsinnig bin ich deswegen nicht. Darum bleibe ich, wo ich bin. Ich breite die Arme aus und muss lachen, als du die Armbrust auf mich richtest.

»Schieß schon, du Krüppel!«, brülle ich, und du zuckst zusammen. »Auf was wartest du denn noch?«

Dann drückst du ab.

Endlich.

Die Schneeflocken, ich sehe sie alle, jede einzelne, ich könnte sie zählen, wenn ich wollte. Der Bolzen kommt direkt auf mich zu, spaltet die Flocken, die in seiner Flugbahn liegen. Doch ich weiche aus, drehe mich geschwind ab – und mache es doch nicht schnell genug. Verflucht! Das Geschoss erwischt mich am Oberarm, fährt durch mein Gewand in den Muskel. Teufel! Der Schmerz ist enorm. Mein ganzer Arm wird taub, mein Schwert fällt mir aus der Hand und landet neben meinen Füßen im Schnee. Ich brülle. Schmerz ist Kraft.

Du schaust mich abwartend an, rechnest vielleicht damit, dass ich umfalle. Du glaubst, du hättest mich besiegt. Doch aus dieser Distanz hast du gar nicht sehen können, dass du mich nur am Arm getroffen hast. Ich bücke mich und hebe mein Schwert mit der linken Hand auf. Aber jetzt laufe ich los, stürme direkt auf dich zu. Ja, da staunst du! Ich lasse dir keine Zeit, die Armbrust noch einmal zu spannen.

Sakrament, jetzt erkenne ich dich! Du bist es, Tell, du Mistlarve! Oder sehe ich einen Geist? Hättest du nicht im See ersaufen können? Bist du denn gar nicht totzukriegen? Nun fummelst du an der Armbrust herum, machst es ungeschickt, als fehle dir plötzlich die Kraft. Tja. Mit einer Gabel hättest du den Bogen schneller spannen können.

Ohne spannst du die Armbrust nur zwei- oder dreimal, das hättest du eigentlich wissen müssen, du Meisterschütze.

Ich laufe schneller, der Schmerz im Arm verfliegt. Entsetzt schaust du mir entgegen, du bärtiger, verfilzter Zwerg! Du bist kein Krieger. Du bist ein Stinkbauer, ein Kuhfladen, mehr nicht. Ich werde dir mit einem einzigen Hieb den Kopf spalten, auch wenn ich es mit dem linken Arm machen muss.

»Halt still!« Ich hole aus, schwinge mein Schwert und lasse es mit aller Kraft niederfahren.

Doch du reagierst flink, packst deine Armbrust mit beiden Händen und hältst sie dir schützend über den Kopf. Gut gemacht! Ich schlage die Schusswaffe fast entzwei, sie ist vollkommen zerstört, aber der Hieb ist gestoppt, die Klinge erreicht deinen Scheitel nicht. Du lässt die Armbrust fallen und wirfst dich auf mich. Aha! Du weißt genau, dass ein Schwert im Gerangel zu nichts taugt. Na gut, das kannst du gerne haben.

Wir lassen uns auf den Acker fallen, wälzen uns im Schnee, und ich muss dabei fast lachen. Es ist ein läppisches Balgen. Du willst mich schlagen? Mit deinen kalten Fäusten? Nur zu! Das bringt mich in Stimmung, macht mich warm. Wie oft habe ich mich geprügelt, wie oft ist mir ins Gesicht geschlagen worden. Man gewöhnt sich daran, weißt du?

Du darfst ein paarmal austeilen, ich stecke ein, warte ab, dann schlage ich blitzschnell zurück, mitten in die Fresse, spüre, wie deine Nase bricht. Blut ergießt sich über deinen Bart. Ja, jetzt weichst du zurück, keuchst, spuckst Blut und Zähne, ich kenne das. Du schüttelst benommen den

Kopf – und stürzt dich gleich wieder auf mich. Doch, doch, einstecken kannst du. Aber im Zweikampf bist du ein Versager. Deine Fäuste fliegen unkontrolliert durch die Luft, deine Schläge sind verzweifelt, doch immerhin zielst du auf meinen verletzten Arm, hoffst, mir damit Schmerzen zuzufügen. Freu dich nicht zu früh, Bäuerchen! Mein Arm ist längst taub, hängt schlaff an meiner Seite. Mit der linken Hand greife ich in das Wams und bringe mein Andenken an den Apfelschuss zum Vorschein: Tells Bolzen. Wusst' ich's doch, dass er noch von Nutzen sein würde! Und diesen Bolzen ramme ich dir jetzt in den rechten Oberarm. So, jetzt sind wir quitt. Ja, da jaulst du und machst große Augen! Du strauchelst rückwärts, und ich lache herzlich. »Erkennst du deinen Bolzen?« Schau mich nicht so an! Ich bin doch kein Ungeheuer. Ich will dich nur erlösen! »Da!«, rufe ich und verpasse dem Bolzen einen weiteren Schlag, der ihn tiefer ins Fleisch bohrt. »Du kannst ihn wiederhaben! Bitte schön!«

Tell fuchtelt verzweifelt mit dem linken Arm, will mich im Gesicht treffen, doch ich habe die Oberhand, stoße ihn auf den Acker, setze mich rittlings auf ihn und dresche im Takt auf ihn ein. *Bam, bam, bam!* Ich vergesse mich, bis ich bemerke, dass der Schnee um uns herum rot wird. Im Norden nennen sie es Berserk. Das hat mir der Nordmann erzählt. War ein interessanter Kerl. Bodenständig. Kein Hochgeschissener. Berserk. Tobsucht ist es nicht. Es ist eine Art Trance, als hätte man die falschen Pilze gegessen. In diesem Zustand vergisst man alles um sich herum, auch das Zeitgefühl kommt einem abhanden. Besser als vögeln! Ich bin ein Berserker! Schade, dass der Nordmann nicht mehr da ist. Er verpasst was.

Tell wehrt die Schläge kaum noch ab. Ich spüre, wie seine Lebenskraft schwindet. Es ist, als betrachte man das letzte Flackern einer abgebrannten Kerze. Komm, ich gönne dir eine kurze Verschnaufpause, Tell, denn ich will doch, dass du bei Sinnen bist, wenn ich dir den Todesstoß versetze. Ich reiße dir den Bolzen aus dem Oberarm und ramme ihn unterhalb des Brustkorbes in deinen Leib. Du schnappst nach Luft und schaust mich ganz erschrocken an. So.

Die Sache beginnt mich zu langweilen. Ich kenne diesen Blick nur zu gut. So gucken sie nämlich immer, wenn sie begreifen, dass sie nun totgemacht werden. Es ist eine Mischung aus Entsetzen, Unglauben und Scham. Tell hat ausgedient. Ich würde gern Respekt für ihn empfinden, diesen Bauernlümmel, schließlich ist er nur schwer totzukriegen gewesen. Aber jetzt liegt er vor mir im roten Schnee und stinkt nach Mist. In seinem Bart haben sich ein paar Halme verfangen. Hat er letzte Nacht in einem Stall zwischen den Kühen geschlafen?

Tell schaut an mir vorbei, starrt in den Himmel, nur um mich nicht ansehen zu müssen. Aber er findet sich mit seinem Schicksal ab, ich kann es sehen. Zeit, dass ich mich davonmache, bevor das Bauernpack auf mich aufmerksam wird und Dummheiten macht. Ich fummle nach dem Bolzen, um ihn aus Tells Leib zu reißen und mitten in seinem Herzen zu plazieren.

Aber Tell packt mich am Handgelenk, und sein Griff ist stark.

Tell

Peter, hilf mir! Dieser Teufel schlägt mich tot! Soll ich ihn machen lassen, Peter? Wartest du schon auf mich? »Ich will dich doch nur erlösen!« Der Habsburger brüllt es und grinst, spuckt mir ins Gesicht.

Ich bemerke hinter ihm eine Gestalt, die sich uns nähert. Bist du es, Peter? Kommst du mir endlich zu Hilfe? Oder ist es ein Engel, der mich holen kommt? Doch die Gestalt habe ich schon einmal gesehen. Eben erst, als sie sich mit ihren Kindern dem Landvogt in den Weg gestellt und meinen Plan zunichtegemacht hat. Wegen ihr sind die Reiter auf den Acker ausgewichen. Jetzt hält sie das Schwert des Habsburgers umklammert, zögert, zittert und schaut mich über seine Schulter hinweg mit aufgerissenen Augen an. Dann geht ein Ruck durch ihren Körper. Sie weiß, was zu tun ist.

Mit beiden Händen schwingt sie das Schwert hoch in die Luft, als wolle sie den Himmel spalten, die Berge entzweischlagen, und lässt es mit ganzer Kraft niedersausen.

Sie trifft den Habsburger knapp unter dem rechten Ohr, schlägt die Klinge bis auf seinen Halsknochen. Es macht ein dumpfes Geräusch, als würde man die Axt in den Hackklotz hauen. Blut spritzt aus der Wunde, ergießt sich der Hohlkehle des Schwertes entlang und tropft wie warmer Regen auf mein Gesicht. Ich verschlucke mich und huste

Blut, versuche, mich zu befreien, aber der Habsburger hat sich vollkommen versteift und starrt mich ungläubig, ja entsetzt an. Sagt kein Wort.

Die Frau reißt die Klinge aus der Wunde und holt erneut aus, dreht sich dazu sogar wie im Tanz um die eigene Achse. Blutstropfen zeichnen einen roten Kreis um uns im Schnee. Das Schwert säuselt, die Frau ächzt. Wieder dieses dumpfe Geräusch.

Der Griff des Habsburgers lockert sich augenblicklich, sein Leib erschlafft und kippt zur Seite, der abgetrennte Kopf fällt auf den Boden und kommt auf dem Gesicht zu liegen.

Die Frau starrt mich an. Ihre Brust hebt und senkt sich schnell. Sie lässt das Schwert fallen, hebt ihr Gesicht gen Himmel und schreit sich die Seele aus dem Leib, schreit so laut, dass du es da oben hören musst.

Peter, hast du zugesehen? Bist du bei mir?

Abrupt dreht die Frau sich um und läuft davon. Ich schaue ihr hinterher. Ihre Kinder stehen in einigem Abstand schlotternd und weinend auf dem Acker. Die älteste Tochter trägt das kleinste Kind, ihre Mutter nimmt es ihr ab und hält es fest umschlungen, klammert sich an das winzige Geschöpf, als wäre es ihre Rettung.

Ich schnappe nach Luft, versuche, den leblosen Leib von mir zu stoßen. Plötzlich steht die älteste Tochter neben mir, nimmt mich aber kaum wahr, sagt kein Wort, beugt sich nur über den Rumpf des Toten, fummelt an seiner Kleidung herum und zieht einen Beutel voll Münzen hervor, als habe sie ganz genau gewusst, wo der Habsburger ihn versteckt gehabt hat.

»Trudi, komm jetzt!«, ruft die Mutter ungeduldig.

Die Tochter wirft mir einen Blick zu, nur kurz – und geht.

Ich schließe die Augen und sammle Kraft, krieche unter dem Habsburger hervor und rapple mich auf. Die Schneeflocken stechen mein Gesicht wie Nadeln. Der Bolzen ragt aus meiner Seite, doch der Schmerz ist nicht so arg.

Peter, schau nur, ich stehe, ich lebe!

Die Raben sitzen auf den Baumwipfeln und beobachten mich, warten darauf, dass ich die Kadaver freigebe. Ich stehe mitten in ihrem Festmahl. Was die schwarzen Vögel über uns Menschen denken mögen, über das Bild, das sich ihnen bietet? Drei tote Männer im Schnee, wie hingeworfen auf dem Acker verteilt.

Gessler

Ich lebe noch, halbwegs, spüre das Pochen meines Herzens. Doch mit jedem Schlag entweicht meine Kraft, aus den Füßen, aus den Beinen, aus den Armen. Meine Glieder, sie verschwinden, ich schwebe, bin federleicht. Ich will versuchen, an den Schöpfer zu denken, mich auf die Begegnung mit ihm gefasst zu machen, doch ich sehe nur meine liebe Frau und meine wunderschöne Tochter vor mir, obwohl ich ihr noch nie begegnet bin. Das Glück, das wunderbare Glück. Meine Frau und meine Tochter sind göttlich. Sind sie Gott?

Der Himmel über mir ist weiß. Die Schneeflocken verfangen sich in meinen Wimpern. Ich mache die Augen zu, ich mache die Augen auf, und dann steht er über mir, blickt auf mich herunter, blutüberströmt, gleichgültig, ein dunkler Schatten in dieser weißen Welt. Tell.

Er will sich vergewissern, ob mich der Schuss tödlich getroffen hat. Will er nachhelfen? Mir die Kehle durchschneiden? Ich habe keine Angst. Er soll mit mir tun, was er tun muss. Ich bin bereit.

Tell.

Ich würde lachen, wenn ich könnte. *Er* ist also der Heckenschütze. Ausgerechnet. Aber es hätte jeder beliebige Bauer sein können, jung oder alt, Mann oder Frau, es wäre ganz egal und hätte mich nicht überrascht, denn niemand will uns hier, alle wollen in Ruhe gelassen werden. Sie leben nach ihren eigenen Gesetzen und verteidigen sich in der Not eben selbst.

Sie alle sind Tell.

Er schaut mich an, schaut mich zum ersten Mal so richtig an, mustert und studiert mich. Es scheint ihm Unbehagen zu bereiten, dass ich noch nicht ganz tot bin. Er selbst sieht übel zugerichtet aus, seine Nase blutet, seine Augen sind fast zugeschwollen, seine Lippen aufgeplatzt. Er hält eine Hand auf den Bauch gepresst. Doch seine Verletzungen scheinen ihn nicht zu schmerzen.

Ich kann inzwischen kaum noch atmen, geschweige denn reden. Ich muss mich anstrengen, um überhaupt Luft zu bekommen, aber ich muss es ihm sagen, denn ich will, dass er es weiß, dass es wenigstens einer in dieser hinterletzten Talschaft weiß:

»Ich habe eine Tochter«, flüstere ich, doch Tell versteht mich nicht, schaut mich nur stirnrunzelnd an.

Er kniet sich zu mir hin und beugt sich über mich. Sein schwarzer Bart glänzt nass von Blut.

»Meine Tochter heißt Julia«, hauche ich mit meinem letzten bisschen Luft, und jetzt richtet sich Tell erschrocken auf. Er schaut mich an, will etwas sagen, doch er guckt nur.

Jetzt bin ich ein Mensch. Er sieht mich! Jetzt sterbe ich als Mensch.

Tell erträgt es nur schwer. Er dreht sich um und stolpert davon, verschwindet aus meinem Blickfeld, und ich bin erleichtert, dass ich es ihm habe mitteilen können, ihm, Tell, und damit allen, denn sie alle sind Tell. Ich bin dankbar, dass er den Namen meiner Tochter ab jetzt in seinem Herzen trägt.

Ich nehme meine Hände von der Wunde am Hals und lege sie auf die Brusttasche, in der meine Briefe verstaut sind. Ich spüre das Bündel. Mein Blut fließt neben mir in den Schnee. Ich blicke in den weißen Himmel, zum allerletzten Mal. Die Kraft weicht aus meinem ganzen Körper, und mit ihr die Schwere, die ein Menschenleben hat. Mir ist weder kalt noch heiß, ich bin ganz ruhig. Ich denke an meine Tochter, die ich noch nie gesehen habe, aber nun ganz genau vor mir sehe. Ich bin bereit. Ich muss an den Jungen denken, der mit einem Apfel auf dem Scheitel so mutig unter der Linde stand. Das blinde Vertrauen in ihn, seinen Vater.

Theresa

Endlich schläft die Kleine, schläft tief und fest. Ich seufze erleichtert. Mich selbst jedoch plagt eine Unruhe. Vielleicht ist es der erste Wintersturm, der gegen die Fensterläden drischt, vielleicht ist es die Erkältung, mit der ich mich seit Tagen mühe. Ich wickle eine Decke um mich, zünde eine Kerze an und beuge mich über Julias Krippe. Sie atmet kaum hörbar, liegt auf dem Rücken, den Kopf zur Seite gedreht. Ich bewundere ihr liebliches Profil, ihre Stupsnase, ihren Mund, die zartesten Lippen, die es gibt. Ich habe noch nie ein so schönes Lebewesen gesehen. So aufgeweckt und lebendig ist sie und schläft dann so tief.

Wenn Hermann sie jetzt sehen könnte! Dass ihm dieser Anblick verwehrt ist, bekümmert mich. Also setze ich mich an den Tisch und schreibe einen Brief. Halb wach, halb schlafend, umgeben von Dunkelheit und dem Heulen des Windes, bringe ich mein Innerstes zu Papier.

Ich beschreibe Hermann seine Tochter so genau, wie ich es noch nie getan habe. Meine Feder kratzt nicht schnell genug über das Papier, die Worte müssen heraus, jetzt sofort, ohne jegliche Formalitäten. Selbst als mir die Ideen ausgehen, schreibe ich weiter, denn solange die Feder über das Papier kratzt, ist es, als wäre ich bei ihm.

Kapitel 9

»Nirgendwo ist es so still wie tief im Schnee.«

Vater Taufer

Ich schrecke aus einem fürchterlichen Traum. Ich schwitze, und mein Herz rast. Domine deus! Seitdem ich Wilhelm begegnet bin, träume ich wieder öfter davon. Vater Loser liegt auf mir, sein Gewicht erdrückt mich fast. Ich versuche, ihn wegzustoßen, doch meine Arme sind kraftlos, und meine Hände sind Kinderhände.

Ich muss an Wilhelm denken. Ob ihn derselbe Traum plagt? Ich taste mich aus dem Zimmer und die Treppe hinunter in die Küche, bin überrascht, Frau Furrer am Tisch sitzend vorzufinden. Sie massiert sich mit kräftigen Bewegungen die Hände. Es riecht nach Arnika. Frau Furrer nickt mir zu, lächelt müde. Das schwache Kerzenlicht verzerrt ihr Gesicht zu einer Fratze, ihr Schlafrock ist zerknittert.

»Darf ich mich zu Ihnen setzen, Frau Furrer?«, frage ich.

Sie sagt nichts, erhebt aber auch keinen Einspruch. Also setze ich mich ihr gegenüber an den Tisch. Sie ist gut dreißig Jahre älter als ich und schon die Pfrundsfrau gewesen, als sich noch Vater Loser um diese kleine Pfarrgemeinde kümmerte.

»Plagen Sie wieder die Schmerzen in den Händen?« Meine Anteilnahme ist echt.

»Immer, wenn der erste Schnee fällt«, bestätigt sie. »Der Winter lässt mich wissen, dass er da ist.«

»Soll ich Ihnen einen Sud mit Kamillenblüten und Brennnesseln machen?«

»So weit käme es noch!«, entgegnet Frau Furrer bärbeißig. »Das kann ich selber.«

Ich belasse es bei einem Lächeln. Wir sitzen schweigend da, ich starre ins Feuer. Hätte ich einen anderen Lebensweg gewählt, wenn ich gewusst hätte, dass ich ihn mit Frau Furrer gehen würde? Vielleicht müsste ich die Frage umkehren: Was hat Frau Furrer dazu bewegt, ihr Leben in einem Pfarrhaus zu verbringen? Macht sie die Fronarbeit glücklich? Weiß die Frau überhaupt, was Glück ist? Oder hätte sie sich eine Familie gewünscht? Ich werde mich hüten, sie jemals zu fragen.

»Und Sie?«, reißt mich Frau Furrer aus den Gedanken. »Haben Sie wieder geträumt?«

Ich nicke und murmle:

»Es ist immer derselbe Traum.«

»Möchten Sie beten?«

Ich schüttle den Kopf.

»Wissen Sie, ich habe so oft gebetet, immer und immer wieder, und –«

»Sie müssen mir das nicht erklären«, unterbricht mich Frau Furrer und legt ihre Hand auf meine.

Ich erschrecke ein wenig, denn eine solche Geste der Anteilnahme hat es zwischen uns noch nie gegeben.

»Danke«, sage ich und entziehe ihr meine Hand.

Frau Furrer wird verlegen, lässt ihre Hände eilig unter dem Küchentisch verschwinden und sucht nach Worten.

»Frau Furrer«, komme ich ihr zuvor. »Es tut mir leid, ich wollte nicht –«

Ein leises, langsames Klopfen an der Tür lässt uns beide aufhorchen. Ist es der Wind? Erstarrt bleiben wir am Tisch sitzen, als würden wir hoffen, dass wer auch immer da draußen wartet, einfach verschwände.

Wieder klopft es, und jetzt löse ich mich aus meiner Starre, springe auf die Füße und eile zur Tür.

»Wer kommt denn zu dieser Unstunde?«

Es ist Wilhelm, ich erkenne ihn sofort. Vielleicht habe ich ihn insgeheim sogar erwartet. Er hatte sich an die Tür gelehnt und fällt mir jetzt in die Arme, reißt mich zu Boden und kommt auf mir zu liegen. Und mit ihm eine ganze Menge Schnee.

Frau Furrer

Himmelherrgott, Allmächtiger! Wieso schulterst du uns diese Last? Lässt du uns denn gar keinen Frieden? Wieso lässt du Tell am Leben, und andere, die es verdient hätten zu leben, lässt du sterben? Fast jeder Familie nimmst du Kinder, manche ungeboren, manche schon voller Kraft. Ich will ja gar nicht den Anspruch erheben, in deine Pläne eingeweiht zu werden. Aber dass du Tell in die Arme des Priesters fallen lässt, werde ich nie begreifen.

»Frau Furrer, helfen Sie mir!«, keucht Vater Taufer unter Tell hervor.

Natürlich helfe ich. Was glaubt er denn? Dass ich ihn einfach liegen lasse?

Wir betten den eiskalten und fast bewusstlosen Tell auf den Küchentisch, ich lege Holzscheite aufs Feuer, Vater Taufer macht den Oberkörper des Mannes frei. Der Bauer ist übel zugerichtet. Sein Gesicht ist voller Platzwunden und Schrammen, sein rechtes Auge ist zugeschwollen, sein linkes fast, die Lippen sind starr vom getrockneten Blut. In seinem rechten Oberarm klafft eine böse Wunde, und in seinem Leib, knapp unterhalb der Rippen, steckt ein Pfeil.

Es wird warm in der Küche. Wir machen uns schweigend an die Arbeit, waschen Tells Wunden, nähen das Loch am Oberarm, ziehen den Pfeil aus seinem Leib, lassen die

Wunde eine kurze Weile bluten und nähen sie dann zu. Tell wehrt sich nicht, er hat die Augen nur halb geöffnet.

»Ein Armbrustbolzen«, stellt Vater Taufer fest, aber ich will es gar nicht hören.

Dann beten wir gemeinsam.

»Komm herab, oh Heiliger Geist, der die finstre Nacht zerreißt. Komm, der jedes Herz erhellt, strahle Licht in diese Welt.«

Vater Taufer bittet mich, ein Schlaflager an der Feuerstelle herzurichten, damit wir den Verletzten nicht die steile Treppe hochtragen müssen. Erst als Tell gut zugedeckt auf einer Liegestätte aus Schaffellen und Teppichen liegt, atmet Vater Taufer erleichtert auf, reibt sich das Gesicht, seufzt und hat Tränen in den Augen. Dann schickt er mich weg, ich solle mich schlafen legen. Morgen brauche er mich, deshalb halte er die erste Wache, er werde sowieso kein Auge zumachen. Doch auch ich bin aufgeregt, und es braucht lange, bis mich die Müdigkeit wieder übermannt. Wieso hat Tell Zuflucht unter diesem Dach gesucht? Hat er denn nicht seine schlimmsten Stunden hier erlebt? Weiß er überhaupt, wo er ist?

Als er das letzte Mal über die Schwelle kam, Jahre ist es her, noch nicht einmal einen Bart hat er gehabt, habe ich Kekse aufgetischt. Ob er mir je verziehen hat?

Vater Taufer

Die Schatten des Feuers tanzen auf Wilhelms Gesicht. Er macht die Augen auf und bewegt die geschundenen Lippen, als wolle er etwas sagen. Er scheint nicht zu wissen, wo er ist, also beuge ich mich über ihn, streiche ihm tröstend übers Haar und sage es ihm. Schließlich verstehe ich, worum er bittet: Wasser.

Ich lasse aus einem Becher kleine Schlucke zwischen seine Lippen rinnen. Tell schnauft erleichtert, verschluckt sich und prustet krampfhaft. Er trinkt zwei ganze Becher leer, was eine Weile dauert, doch schließlich entspannt er sich, seufzt und schließt wieder die Augen. Er leckt sich vorsichtig mit der Zunge über die zitternden Lippen, dann atmet er gepresst aus und schaut mich an.

»Franz«, sagt er, mehr nicht.

»Wilhelm«, sage ich und versuche zu lächeln. »Jetzt stecken wir ganz schön in der Klemme, nicht wahr?«

Wilhelm ist wach und bei klarem Verstand. Wasser ist das wunderbarste Heilmittel.

»Hm.«

»Wer hat dich bloß so zugerichtet?«, will ich von ihm wissen, doch er antwortet nicht. »Willst du, dass ich für dich bete?« Wilhelm schaut mich düster an. »Ich habe ja nur gefragt«, winke ich ab und lächle, denn hinter dem ge-

schwollenen Gesicht steckt noch immer der mir wohlbe-
kannte Wilhelm Tell.

»Bete nicht für mich«, flüstert er schließlich. »Bete für
die armen Teufel im See, bete für den Vogt.«

»Das lässt sich machen.«

Mir dämmert, dass Wilhelm tiefer in der Klemme steckt,
als ich zu vermuten gewagt habe. Er versucht, den Kopf zu
heben, um an sich herunterzuschauen, doch er lässt ihn sogleich wieder zurück aufs Schlaflager fallen.

»Du bist zweimal getroffen worden, am Arm und am
Bauch. Den Bolzen haben wir entfernt, die Wunden sind
genäht. Mehr können wir leider nicht für dich tun.« Wilhelm atmet gepresst aus. »Sobald du dich erholt hast, musst
du dich verstecken, zumindest, bis man dich vergessen hat.
Vielleicht wäre es am besten, wenn du dich über die Berge
davonmachst, ins Land Italien. Wenn du der Reuss folgst,
dem Strom entgegen, bis du –«

»Franz.«

»– bis du auf die Hochebenen des Gotthards kommst,
dann hast du die größten Strapazen hinter dir. Die Seen
sind jetzt gewiss schon zugefroren, du müsstest gut vorankommen –«

»Franz!«, unterbricht mich Wilhelm abermals und
schaut mich an. »Ich geh nirgendwohin.«

Hat er Tränen in den Augen? Ich beuge mich näher zu
ihm, packe seine Hand und drücke sie an meine Brust. Ich
bin ja selbst ganz überwältigt, aber das bin ich leicht. Er
flüstert langsam:

»Es tut mir so leid.«

»Es braucht dir nichts auf dieser Welt leidzutun«, erwidere ich, obwohl das nicht stimmen kann, so, wie er aussieht.

»Doch«, beharrt Wilhelm. »Ich bin ein Feigling gewesen.«

»Wir sind alle nur Menschen«, sage ich nun etwas bestimmter, denn ich will es nicht hören. Doch Wilhelm drückt meine Hand noch fester und knirscht:

»Ich hätte dich nicht allein bei ihm zurücklassen sollen. Ich hätte es jemandem sagen sollen.«

»Wem denn?«, werfe ich ein. »Du hast auf deinen kleinen Bruder aufgepasst, du hast ihn vor dem Teufel bewahrt, hast ihm das alles erspart –«

»Ja, aber du hast keinen gehabt, der –«

»Schweig jetzt, Wilhelm!«, entfährt es mir im Flüsterton, denn ich will nicht, dass mich seine Worte um Jahre zurückwerfen. »Schweig! Was geschehen ist, ist geschehen. Jeder geht seinen Weg; den Weg, der für ihn bestimmt ist, und keinen anderen. Ich gehe meinen, und du gehst deinen.«

Ich wische mir hastig die Tränen aus dem Gesicht. Wilhelm schaut mich dunkel an, doch er schweigt. Das Gespräch hat auch ihn erschöpft.

»Ich gehe meinen, und du gehst deinen«, wiederhole ich und beruhige mich allmählich, schneuze mich, fasse mich. Dann fühle ich plötzlich Müdigkeit in mir aufsteigen, als könnte ich eine ganze Woche lang schlafen. Ich schaue durch Wilhelm hindurch, sehe Vater Loser vor mir auf dem Bett liegen, alt, schlaff, verwuchert, krank. Ich nehme ihm die letzte Beichte ab, doch sie ist eine Sünde an sich, eine Lüge. *Da gibt es nichts. Sprich mich jetzt von meinen Sün-*

den los. Ich steige in die Küche hinunter, um ein Messer zu holen, verharre jedoch ein paar Momente und entscheide mich für eine Trockenwurst, die fast so dick und so lang ist wie ein steifes Glied. Ich gehe wieder nach oben zu Vater Loser ins Zimmer und stopfe ihm die Wurst mit aller Kraft in den Mund, stemme mich mit meinem ganzen Gewicht auf ihn, bis er aufhört, um sich zu schlagen. Die blauen Flecken und Kratzspuren an meinen Armen werde ich erst tags darauf bemerken. Ich empfinde keine Schuld, keine Scham, keine Qual, und das überrascht mich. Ich fühle mich nur traurig.

»Ich habe Loser von seinem Dasein erlöst«, sage ich. Noch nie habe ich ein Wort darüber verloren, nicht einmal im Beichtstuhl. Wilhelm schaut ungläubig, darum wiederhole ich: »Ich habe ihn gerichtet, oben in seiner Kammer, die du gut kennst. In seinem Bett, das jetzt mein Bett ist. Ich habe ihn mit meinen eigenen Händen gerichtet, für dich, für mich und für alle anderen. Wilhelm, es ist vorbei.«

Jetzt glaubt er mir. Er streichelt meinen Handrücken, schließt die Augen und seufzt so erleichtert, als hätte er während all der Jahre die Luft angehalten.

Die nächsten Momente verstreichen schweigend. Nur das Feuer knistert. Wilhelm wird indes unruhiger, windet sich, als plage ihn eine Schlange im Inneren seines Körpers. Er beginnt zu schwitzen. Er hat nichts einzuwenden, als ich leise zu beten beginne, dann bittet er erneut um Wasser, sein Durst ist fast nicht zu löschen. Ich befehle ihm zu ruhen, zu schlafen, aber Wilhelm verfällt in wirre Halluzinationen, glaubt plötzlich, zu Hause zu sein, fragt nach seiner Frau Hedwig, merkt dann aber, dass er sich im Pfarrhaus befindet, um sogleich nach Walter zu fragen. Ob es dem Jungen gutgehe und ob er unverletzt sei? Walter sei ihm der Liebste, obwohl er gar nicht sein Fleisch und Blut sei, aber er wolle nicht, dass ihm etwas zustoße, schließlich sei er es Peter schuldig. Erst als er auf Walter gezielt habe, habe er bemerkt, wie sehr er den Jungen liebe und bewundere. Und während eines kurzen Augenblicks habe er Peter unter der Linde stehen sehen, Peter, mit einem Apfel auf dem Kopf.

Es fällt mir schwer, seinen Worten zu folgen, die er nur flüchtig zwischen den Lippen hervorpresst, als bleibe ihm kaum Zeit. Dann soll ich ihm versprechen, auf die Kinder aufzupassen. Es ist der Wunsch eines Sterbenden.

»Du kommst wieder zu Kräften, und dann kannst du selbst auf sie aufpassen!«, sage ich barsch. Doch Wilhelm beharrt darauf, weshalb ich ihm schließlich das Blaue vom Himmel verspreche, mich verpflichte, dafür zu sorgen, dass der Tellhof von der rachsüchtigen Hand Habsburgs verschont bleibt. Erst dann beruhigt er sich, schläft sogar ein, und nun zerrt auch mich die Müdigkeit neben Wilhelm aufs Lager. Ich bin sicher, dass es Vater Loser nie wieder wagen wird, mich im Traum aufzusuchen. Ich habe jetzt nämlich einen Verbündeten, einen Freund, einen Bruder. Und weil Wilhelm schläft, als hätte er alle Ungeheuer dieser Welt besiegt, gebe auch ich den Kampf auf und schlafe ein, schlafe tief und fest, wache erst wieder auf, als das erste Tageslicht durchs Fenster drückt.

Das Feuer ist erloschen, die Küche ist kalt geworden, und der Schlafplatz neben mir ist leer.

Tell

Mein Körper brennt. Ich richte mich vom Schlaflager auf. Sehe den Wasserkrug auf dem Tisch und trinke ihn leer. Franz liegt zusammengekauert auf dem Boden und schläft. Ich steige über ihn hinweg, will nach draußen an die Luft, will mich abkühlen, will atmen. Der Schnee liegt dick auf allem, knarrt unter meinen Füßen. Ich halte mein Gesicht in den schwarzen Himmel und glaube zu spüren, wie die Sterne mein Gesicht kitzeln.

Weißt du noch, Peter, wie wir uns früher, als es schon Nacht geworden ist, vom Dach unserer Hütte in den tiefen Schnee haben fallen lassen? Nirgendwo ist es so still wie tief im Schnee. Komm, Peter! Wir wollen heimgehen.

Ich komme gut voran und blicke zurück. Das Dorf ist verschwunden, als wär's nie da gewesen, dabei bin ich doch erst losgelaufen. Ich frage mich, ob ich wirklich bei Franz gewesen bin oder ob ich das alles bloß geträumt habe. Peter, träume ich? Oder bin ich schon tot? Es würde mich nicht verwundern. Die letzten Tage waren wie Bilder aus einem Wahn. Ist unsere Mutter wirklich gestorben? Habe ich sie auf meinen Armen bis ins Dorf getragen? Habe ich einen Apfel vom Kopf deines Knaben geschossen? Bin ich mit betrunkenen Soldaten auf dem See gekentert? Bin ich wirklich geschwommen so wie früher?

Ich werde bald aufwachen, und du wirst auch da sein. Es besteht keine Eile, also stapfe ich weiter durch den Schnee. Ich staune über die Kraft meiner Beine, schaue an mir hinunter. Ich spüre sie nicht. Wie damals im Winter vor einigen Jahren. Ich spüre mich nicht. Es ist nur ein Traum. Ich fliege den Hang hoch, durch die Wälder und über die verschneiten Wiesen. Da steht unser Stall, unsere Hütte, da schlafen unsere Liebsten. Ich lasse sie schlafen. Sie haben es verdient. Und da graut der Morgen überm Grat. Am Himmel breitet sich eine Farbe aus, für die es keinen Namen gibt. Und in diesen Himmel hinein recken sich die Berge, versuchen, das Tageslicht abzuwehren. Sie mögen die Kälte, sie mögen die Schatten, sie mögen den Frost. Zu ihnen will ich hoch. Denn ich habe noch etwas zu erledigen, bevor ich aufwache.

Walter

Ich krieche aus dem Großmutterbett und mache Feuer. Willi und Lotta schlafen tief und fest, aus Mutters Zimmer ist kein Laut zu hören. Ich lasse sie alle schlafen, ziehe mich an und trete ins Morgengrauen hinaus. Der Schnee liegt fast knietief und ist wunderbar pulvrig. Ich will schnell mit der Stallarbeit fertig sein, um mit Willi nachher herumzutollen. Ich liebe Schnee. Die ganze Welt ist weicher und stiller. Wie zugedeckt. Aber noch schöner ist es, sich danach am Feuer aufzuwärmen.

Plötzlich bemerke ich eine Bewegung am Waldrand. Ist es der Bär? Nein, es ist eine Gestalt, die zügig, aber gekrümmt bergauf zu schweben scheint, wie ein Geist oder eine Eishexe. Ich bleibe stehen und starre der Gestalt hinterher, bis sie im Morgennebel verschwunden ist.

Plötzlich wird mir kalt. Könnte es denn sein –? Nein. Es kann nicht sein. Meine Augen haben mich getäuscht, ich bin ja eben erst aufgewacht. Und ich habe jetzt auch gar keine Zeit. Nach der Stallarbeit kann ich immer noch den Spuren im Schnee folgen, wenn denn überhaupt welche zu finden sind.

Tell

Der Wald lichtet sich. Es ist nicht mehr weit, Peter. Bald bin ich bei dir. Heute werde ich dich finden. Auch wenn ich vom Pfad abgekommen bin und mühsam übers verschneite Geröll klettern muss. Ich sehe kaum, wo ich hintrete. Die kleinen Tännchen haben schwer an der Schneelast zu tragen. Bald lasse ich auch sie hinter mir.

Der Wind bläst kräftig, verwischt meine Spuren. Er bläst mich in eine bestimmte Richtung, schupft mich schräg dem Hang entlang. So komme ich gut voran. Die Halde wird immer steiler, und ich rutsche aus, kugle durch den Schnee und pralle an einen Findling.

So. Hier will ich sitzen bleiben, will mich ausruhen. Der Wind bläst mir den Schnee ins Gesicht. Wenn ich mich nicht rühre, bin ich bald zugeschneit. Dann ist Stille, dann habe ich Ruhe. Die Vorstellung gefällt mir. Da, weiter oben am Grat, sehe ich die Eishexen tanzen! Siehst du sie auch, Peter? Sollen sie doch eine Lawine lostreten, wenn sie unbedingt wollen.

Willst du mir denn nicht ein Zeichen geben? Wo bist du denn? Habe ich dich für immer verloren, kleiner Bruder? Dich, der mich an jenem Tag gar nicht auf die Jagd hat begleiten wollen. Dich, der viel lieber in Hedwigs Nähe geblieben wäre, der plötzlich Gefallen am Bauernleben gefunden hat. Aber du bist mir ein letztes Mal durch den Schnee in die Felsen gefolgt, mürrisch, schweigend. Du bist immer weiter zurückgeblieben, so dass ich dich gar nicht mehr gesehen habe und immer wieder auf dich habe warten müssen. Du hast mir schließlich zugerufen, dass ich nicht so hetzen soll, aber ich bin einfach weitergegangen, bin über den steilen verschneiten Hang gestampft. Und plötzlich habe ich einen dumpfen Knall vernommen, ein Zittern, als breche der ganze Berg entzwei. Ich habe den Riss in der Schneedecke bemerkt, genau da, wo ich meinen Fuß auf den Boden gestampft habe. Ich habe auf dem Riss gestanden, habe den Boden unter den Füßen verloren, der ganze Hang ist unter mir weggerutscht. Ein einziger Tritt hat ihn in Bewegung gesetzt, ihn in Aufruhr gebracht. Ich bin hingefallen und habe mich im letzten Moment an einem Stein festhalten können. Aber du, Peter, du bist im Schneegetöse eingesunken. Du hast mir dein erstauntes Gesicht zugewandt, mich mit aufgerissenen Augen angeschaut und bist kerzengerade abgetaucht. Wie ein Löffel in der Milch. Dann hat der Hang begonnen, Wellen zu schlagen, sich aufzubäumen, hat sich in ein Ungeheuer verwandelt, hat zu donnern begonnen wie tausend galoppierende Pferde, dass der ganze Berg gedröhnt und gezittert hat. Ich habe die Eiszapfen in den Felsen klirren hören. Die Eishexen haben gejubelt und gekreischt. Das Ungeheuer, das ich geweckt habe, hat dich gefressen, und weiter unten in der Waldegg hat es Bäume wie Strohhalme umgeknickt.

Aber ich bin verschont geblieben, mein Stein ist mit dem Berg zusammengefroren gewesen, und ich habe mich daran festgehalten, auch als das Ungeheuer zur Ruhe gekommen ist. Peter, ich weiß nicht, wie lange ich mich am Berg festgehalten habe. Ich habe den Stein nicht mehr losgelassen. Ich habe solche Angst gehabt! Ich habe deinen Namen rufen wollen, aber die Laute sind mir im Hals stecken geblieben. Hast du noch lange gelebt? Hast du auf mich gewartet?

Erst als es dunkel geworden ist, habe ich mich wieder regen können. Die Nacht ist schwarz und still gewesen.

Wie ich es bis zur Gossalp geschafft habe, weiß ich nicht. Ich bin bei Tobler aufgewacht, ganze zwei Tage später. Und eigentlich habe ich dich sofort suchen gehen wollen, aber mir hat die Kraft gefehlt.

Peter, es tut mir leid, dass ich dich nicht gefunden habe. Jetzt kann ich nicht mehr. Ich gebe auf. Ich bleibe einfach sitzen, hier an den Findling gelehnt, und lasse mich zuschneien. Wenigstens wirft die Sonne ihr Licht an die Rimistöcke.

Peter, die Eishexen! Sie tanzen nicht mehr. Sie stehen nur da und winken mich zu sich.

Siehst du sie auch?

Walter

Es lässt mir keine Ruhe. Nach dem Melken stapfe ich durch den Schnee zum Waldrand. Tatsächlich. Fußspuren. Also doch kein Geist.

Mutter schaut mich entsetzt an, als ich mich für eine Bergwanderung vorbereite.

»Auf gar keinen Fall!«, sagt sie. »Du kannst nicht einfach so die Berge hochsteigen wie dein Vater, kommt nicht in Frage!«

Dabei habe ich sie gar nicht um Erlaubnis gefragt. Bin schließlich schon Dutzende Male da oben gewesen.

»Ich habe heute Morgen eine Gestalt bemerkt«, wiederhole ich. »Es ist keine Einbildung, es gibt Spuren im Schnee, und ich muss herausfinden, wo diese Spuren hinführen. Mehr nicht.«

»Nein!«, ruft Mutter verzweifelt. »Du kannst jetzt nicht auch noch –«

»Und wenn es Vater ist?«, entfährt es mir.

Mutter wird bleich und lässt sich auf einen Stuhl fallen.

Aloisa, die bisher stumm geblieben ist, aber ein Gesicht macht, als wäre ich schon gestorben, mischt sich ein:

»Du gehst nicht weiter als bis zu den Alpenhütten, verstanden, junger Mann?«

Ich binde Ziegenleder um meine Füße und verlasse die

Hütte grußlos. Die Spuren führen aber nicht zu den Alpwiesen, sondern tiefer in den Talkessel hinein, stechen die Bergflanke hoch und kommen ziemlich nahe am Steinhüttli vorbei, wo sie kaum noch erkennbar sind. Ich bleibe stehen und schaue mich um, lausche. Der Himmel ist blau, die Firnen leuchten, doch hier hinten wohnen die ewigen Winterschatten. Ich stapfe weiter.

An den Felswänden verliert sich die Spur ganz plötzlich, hört einfach auf.

Wieder bleibe ich stehen. Vor mir erhebt sich das Bergmassiv. Gibt es etwas Mächtigeres auf dieser Welt als einen Berg? Hinter mir fällt die verschneite, von Findlingen übersäte Halde steil ab. Ich schaue mich zu allen Seiten um. Kein Laut, bloß Winterstille und keine Menschenseele. Kein Tier weit und breit. Kein Vater. Nur Schnee, Eis, Fels und Himmel.

Ich setze mich in den weichen Schnee, überblicke das ganze Tal und muss lächeln. Es besteht kein Zweifel, alles ergibt plötzlich Sinn. Die Spur führt direkt in den Berg hinein.

Hedwig

Ich höre, wie draußen jemand durch den Schnee stapft, höre ihn schnaufen.

»Walter ist zurück!«, rufe ich und eile vor die Tür. Jäh bleibe ich stehen, denn mitten auf der verschneiten Wiese hockt ein Bär. Es ist derselbe Bär, den wir vor einigen Tagen verscheucht haben. Die Tage kommen mir wie Wochen vor. Ich erkenne den Bären an seinem dicken Winterfell, den runden Ohren und seinen kleinen Augen. Kein Zweifel. Er ist es. Und er wirkt noch immer völlig harmlos. Vielleicht müssen Tiere, die niemanden fürchten, gar nicht ungeheuerlich aussehen. Der Bär streckt die Nase in die Luft und schnuppert. Vielleicht riecht er mich, denn jetzt schaut er mich an.

»Du schon wieder«, sage ich. »Müsstest du nicht längst deinen Winterschlaf machen? Du findest wohl deine Höhle nicht, wie?«

Er brummt, als hätte er mich verstanden, steckt seine Nase ins dicke Fell und leckt eine Stelle am Bein. Vielleicht hatte Wilhelm ihn doch getroffen. Plötzlich hebt er den Kopf, er richtet sich sogar auf, stellt sich auf die Hinterbeine und breitet die Vorderbeine aus, als wolle er mich in eine Umarmung schließen. Er ist viel größer, als ich vermutet habe, und ich mache unwillkürlich einen kleinen Schritt rückwärts. Der Bär lässt sich wieder auf die Vorderbeine plumpsen und steht unentschlossen im Schnee, schaut sich um. Er scheint es überhaupt nicht eilig zu haben. Ob die Seele eines Menschen in ein Tier übergehen kann? Ich kann den Gedanken nicht abschütteln, dass Peter mir gegenübersteht.

Nun taucht Aloisa im Türrahmen auf, drängt sich vorbei, um besser nach draußen blicken zu können. Sie betrachtet den Bären eine Weile, dann seufzt sie und sagt:

»Ich geh mal die Töpfe holen.«

Kapitel 10

»Manchmal kann man sein Gesicht
in den Felsen erkennen.«

Lotta

Zufriedenheit ist, wenn sich der Tag dem Ende zu- neigt, die Luft abkühlt, die Sommerhitze aber noch immer im Holz der Hauswände steckt und meinen Rü- cken wärmt, die Mücken und Honigbienen kreuz und quer über die Weide summen und der Brunnen plätschert. Die Arbeit ist getan, meine Tochter bereitet das Abendbrot zu, ihr Mann ist mit Willi und seinen drei Buben auf der Alp, meine kleinen Enkel spielen auf der gemähten Wiese, die so gut riecht, dass man nie genug davon kriegt. Und ich sitze auf der Bank, kaue Sauerampfer, wie es schon meine Mutter und meine Großmutter vor mir gemacht haben, und niemand hindert mich daran, niemand stört mich da- bei. Alle wissen, dass ich mir diesen Moment nicht nehmen lasse. Gerade dann kann ich am besten denken, und das ist genauso wichtig wie atmen. Ich denke an alles Mögliche, an das Hier und Jetzt, aber manchmal auch an früher, an meine Großmutter Aloisa zum Beispiel. Und dann muss ich lachen. Ich sehe sie noch heute, wie sie sich vor den Soldaten aufbaut und steinern abstreitet, dass hier jemals ein Mann namens Wilhelm Tell gelebt haben soll. Noch jahrelang sind sie gekommen, um herauszufinden, ob Vater das Bootsunglück überlebt und Gessler umgebracht haben könnte oder ob sich hier ein Bauernaufstand zusammenbraut, eine Rebellion, aber Aloisa hat nichts davon wissen wollen und die Soldaten nur ausgelacht.

Ich denke an meinen Bruder Walter, der sich manchmal neben mich gesetzt und Geschichten aus unserer Kindheit erzählt hat, Geschichten über Grosi Marie und unseren Vater, davon, wie er sich nach dem Attentat auf Gessler schwerverletzt zu den Felsen am Gross Rimistock begeben habe und im Berg verschwunden sei. Da oben sei er noch heute, tief im Berginnern. Manchmal, wenn man ganz genau hingucke, könne man sein Gesicht in den zerfurchten Felsenwänden sehen.

Dieser Gedanke hat mich seit jeher getröstet. Wenn ich traurig bin, muss ich nur in die Felsen gucken, um das Gesicht meines Vaters zu sehen. Er wacht über uns. Ich vermisse Walter sehr, ich vermisse seine Geschichten. Aber ich glaube, Willi, der sich nur bruchstückhaft an diese Zeit erinnert, vermisst seinen Bruder noch mehr. Manchmal, wenn er glaubt, dass ihn niemand hört, redet er mit ihm.

Plötzlich bemerke ich einen Mann, der aus dem Wald kommt, über die Brücke spaziert und sich dann die steile Wiese hochkämpft. Er ist völlig außer Atem und viel zu warm angezogen. Seine Kleidung lässt jedoch auf einen Offiziellen schließen, also einer, der seine Kleidung aus Prinzip trägt, ganz egal wie warm oder kalt es ist. Einer, der hier oben nichts verloren hat.

Ich fühle mich gestört, der Mann hat mir den Frieden dieses schönen Sommerabends verdorben, obschon er sein Anliegen noch nicht einmal vorgetragen hat. Meine Enkel haben ihn auch bemerkt und rennen ins Haus, fürchten sich vor jedem fremden Gesicht, diese Heuschrecken! Nun ja, man kann es ihnen nicht verübeln. Ungebetene Gäste kreuzen hier oben selten auf. Doch ich bleibe sitzen und zerkaue ein Sauerampferblatt, spucke die Reste neben mich auf die Wiese. Der Ankömmling lächelt verkrampft, als fürchte er sich ein wenig vor mir. Sehe ich denn so alt und grausig aus? Sind es meine Zahnlücken oder mein kaputtes Auge? Der Offizielle zieht ein Taschentuch aus dem Wams und tupft sich damit den Schweiß von Stirn und Hals ab.

»Guten Tag, meine sehr Verehrte«, flötet er mit trockener Stimme. Er schielt zum Brunnen, aber einen Schluck Brunnenwasser muss er sich erst noch verdienen. »Wenn ich mich vorstellen darf, mein Name ist Schriber, ich bin der Amtsschreiber ob den Walden, zu Ihren Diensten. Darf ich fragen, wer Sie sind?«

Ich schaue ihn an und stecke mir einen weiteren Sauerampfer in den Mund. Kaue langsam.

»Hier sitzt ein altes Weib, das versucht, die Abendsonne zu genießen.«

»Natürlich, verzeihen Sie die Störung.« Herr Schriber tupft sich wieder die Stirn ab. »Es ist so, ich gehe einer Saga nach, die ich in Liedform fassen will. Ich frage mich, ob ich hier richtig bin. Befinde ich mich auf dem Tellenhof?«

»Nein«, sage ich und denke an Aloisa. Sie wäre bestimmt zufrieden mit mir.

»Nein?«

»Nein.«

»Auf welchem Hof befinde ich mich denn?«

»Auf dem Hof Tschudi.«

»Tschudi? Ist Ihr Mann denn –«

»Tot und begraben. Theodor Tschudi.«

»Hm. Ist vielleicht Ihr Sohn –«

»Auf der Alp.«

»Haben Sie eventuell einen Bruder?«

»Auch tot.«

»Und hier gibt es ganz bestimmt keine Tellen?«

»Ganz bestimmt.«

Der Herr Schriber seufzt. »Schade. Aber wissen Sie denn, ob sich hier in diesem Talkessel ein Tellenhof befindet?«

»Sind Sie also auf den Spuren des großen Wilhelm Tell.«

»Dem ist tatsächlich so«, gesteht Herr Schriber und lächelt ertappt. »Ich suche Nachfahren von ihm, die mir erzählen könnten, wie –«

»Hier nicht.«

»Aber –«

»Ich muss es wissen, Herr Schriber«, klemme ich ihm das Wort ab. »Ich bin schließlich schon auf der Welt gewesen, als sich das Theater mit Tell abgespielt hat. Was wollen Sie denn wissen? Vielleicht kann ich Ihnen ja helfen.«

»Oh, das ist überaus zuvorkommend von Ihnen. Ich will zum einen wissen, ob sein Sohn Walter noch lebt.«

»Gestorben.«

»Gestorben? Sind Sie sicher? Woher wissen Sie das?«

»Man erzählt es sich. Wurde alt und steif und starb.«

»Hier in der Gegend?«

»Nein. Da hinten, überm Berg. Tell kam aus Bürglen.«

Ich zeige mit dem Sauerampferstengel in die Richtung.

»Aus Bürglen?«

»Aus Bürglen, der Herr. Wo man ins Schächental hineingeht.«

»Aber –«

»Ein starker Mann ist er gewesen, der alte Tell. Ein ausgezeichneter Schütze, aber mehr noch ein vortrefflicher Familienvater. So viel weiß ich.«

»Ja, das erzählt man sich. Was wissen Sie sonst noch über ihn?«

»Er hat den Apfel vom Scheitel seines Sohnes Walter geschossen. Zack!« Ich pikse mit dem Sauerampferstengel ein Loch in die Luft.

»Viermal zwanzig Schritte, ganz präzise!«

»Viermal … Wie bitte? Zwanzig und hundert Schritte waren es, der Herr!«

»Und hundert?«

»Und Gessler, dieser Schuft!«

»Tell hat uns vom Reichsvogt befreit, ich weiß. Das weiß ja jeder, aber –«

»Na dann«, unterbreche ich Herrn Schriber, zucke mit den Schultern und blicke gedankenverloren an ihm vorbei. »Dann weiß ich also nicht mehr als jeder andere auch.«

Der Mann zögert, sucht nach Worten, macht den Mund wieder zu und schaut sich um. Ich mustere ihn, wundere mich über sein glattrasiertes Gesicht und die zarten Hände. Das sieht man nicht oft hier oben, nicht bei erwachsenen Männern. Ich blicke auf meine geschundenen Hände und verstecke sie unter der Schürze.

»Sie haben gesagt, dass Sie ein Lied machen.«

Herr Schriber errötet.

»Ja, das stimmt.«

»Dann lassen Sie mal hören!«

»Wie bitte?«

»Singen Sie! Vielleicht kann ich Ihnen sagen, welche Stellen stimmen und welche nicht.«

»Aber –«

»Keine falsche Scheu!« Ich schließe die Augen, so, als wäre ich nicht mehr da, will dem Amtsschreiber ob den Walden helfen, seine Schüchternheit zu überwinden. Und tatsächlich fängt er nach kurzem Zögern mit dünner Stimme an, singt mir doch tatsächlich einige Strophen über die Eidgenossenschaft vor, bis ich ihn unterbreche: »Singen Sie über Tell! Politik interessiert mich nicht.«

»Sehr wohl.«

Der Mann räuspert sich, summt sich an die richtige Stelle, dann öffnet er wieder den Mund, etwas mutiger jetzt, er streckt sogar die Brust heraus.

»*Nun merkt euch, liebe Herren gut, wie sich der Bund …* Augenblick. Keine Politik, sehr wohl – *wie einer musste seinem eigenen Soooohn, einen Apfel ab dem Scheitel schoooon, mit seinen Händen schie-ie-ßen.*«

»Schön! Singen Sie weiter!«

»*Der Landvogt sprach zu Wilhelm Tell: Nun lug, dass dir die Kunst nicht fehlt, und vernimm meine Red gar eben: triffst ihn nicht am ersten Schuss, fürwahr, es bringt dir kleinen Nutz, und kostet dich dein Le-eh-ben. Viermal zwan –* ich meine – *zwanzig und hundert Schritt, die musste er stehen, ein Pfeil auf seiner Armbrust haben, da war's ihm nichts ums Scherzen. Er sprach zu seinem liebsten Sohn: Ich hoff, es soll uns wohl ergehen. Hab Gott in deinem Herzen –*«

»Halt!«, sage ich und schaue auf meinen Schoß, den Kopf gesenkt. Schriber soll mein Gesicht nicht sehen. »Es reicht!«

Zu spät. Meine Lippen zittern, ich bringe kein Wort mehr hervor, bleibe ganz starr sitzen und kann trotzdem nicht verhindern, dass mir eine Träne über die Wange kullert und in den Schoß fällt. Ich altes Weib!

»Alles in Ordnung, gute Frau?«, fragt Herr Schriber.

Ich winke ab, winke ihn weg. Wische mir mit dem Ärmel übers Gesicht.

»Sie haben eine schöne Stimme«, lüge ich und schniefe.

»Danke.«

»Verzeihen Sie, die Melodie hat mich sehr bewegt.«

»Danke.«

»Ein schönes Lied.«

»Oh.«

»Aber gehen Sie jetzt. Erfrischen Sie sich bitte am Brunnen, und dann lassen Sie mich in Ruhe.«

»Sehr wohl.«

Der Mann scheint erleichtert, geht hinüber zum Brunnen und trinkt, dann macht er sich auf den Weg.

»Leben Sie wohl, und verzeihen Sie die Störung«, ruft er noch.

»Schon gut«, rufe ich ihm hinterher. »Viel Glück bei Ihren Recherchen.«

»Danke«, ruft der Mann und winkt mir glücklich zu, als wären wir gute Freunde geworden. Dann bleibt er noch einmal stehen und dreht sich um. »Darf ich Sie noch etwas fragen?«

»Wenn Sie müssen.«

»Wissen Sie, was mit ihm passiert ist?«

»Mit Tell?«

Herr Schriber nickt.

»Nach der ganzen Geschichte, ich meine, nach dem Meuchelmord an Gessler – ist er wirklich an der Schlacht zu Morgarten beteiligt gewesen?«

Ich muss unwillkürlich an Walter denken und schmunzeln.

»Wilhelm Tell ist in den Berg gegangen, und seither wacht er da oben über uns. So ist das.«

»In den Berg?«

»Da oben, die Rimistöcke. Schauen Sie mal hoch! Manchmal kann man sein Gesicht in den Felsen erkennen.«

Herr Schriber nickt und lächelt.

»Dachte ich's mir.«

Er winkt mir noch einmal zu, dreht sich um und wandert leichtfüßig talwärts.

Erst jetzt stürmen meine kleinen Heuschrecken wieder ins Freie. Sie müssen gelauscht haben, denn sie lachen und versuchen, das Lied des Amtsschreibers zu singen. Auch meine Tochter streckt den Kopf zur Tür heraus.

»Wer ist das gewesen?«

»Bloß ein Amtsschreiber«, winke ich ab. »Er hat wissen wollen, ob Vater hier gelebt hat. Aber ich habe ihm nichts erzählt.«

»Ach, Mutter. Wir müssen uns doch nicht mehr verstecken!«

Mein jüngster Enkel klettert auf meinen Schoß. Er ist zwar schon vier Jahre alt, ein lustiger, lebhafter kleiner Kerl, doch wenn er müde ist, nuckelt er noch immer am Daumen und starrt mit glasigen Augen ins Weite. Er legt den Kopf an meine Brust, und ich drücke ihn an mich.

»Du, mein lieber kleiner Wilhelm.«

Ich denke an meinen Vater, über den ich so viele Geschichten gehört habe, dass ich fast glaube, mich an ihn erinnern zu können. Ich hätte ihn gerne gekannt.

Unterhalb der Wiese, wo der Pfad über eine kleine Holzbrücke in den Wald führt, verschwindet der Amtsschreiber zwischen den Tannen. Ich muss zugeben, dass mich sein Besuch auf gewisse Weise beglückt hat. Wenn man an Menschen erinnert wird, die man einst geliebt hat, fühlt man nicht bloß Kummer. Ich drücke meinen Enkel noch fester an mich, bis er sich beschwert und zu zappeln beginnt. Ich lasse ihn laufen, schaue ihm hinterher, und ich bin glücklich und traurig zugleich.

Ende

Danksagung

Mein spezieller Dank geht an den niederländisch-isländischen Historiker Simon Halink, dessen fundiertes Wissen über die Isländersagas auf *Tell* abgefärbt hat.

Dem großartigen Schriftsteller Einar Kárason danke ich für die guten Tipps. Er hat in seinen *Sturlungen*-Romanen den isländischen Bürgerkrieg des 13. Jahrhunderts neu interpretiert, die Ereignisse damit einer neuen Generation zugänglich gemacht – und mich zu *Tell* inspiriert.

Ich danke all den treuen Gegenleserinnen und Gegenlesern aus meinem Freundes- und Familienkreis, und ich bedanke mich bei den Isenthalern Josef Schuler und Peter Bissig, die *Tell* mit offenen Armen in ihrem wunderschönen Tal empfangen haben. Auch Erich Herger, Präsident der Tell Museumsgesellschaft, hat mir mit seinem konstruktiven Feedback enorm geholfen.

Ich danke Marc Koralnik und Hannah Nuspliger-Fosh von der Agentur Liepman für die angeregten Tell-Diskussionen. Ich danke meiner brillanten Lektorin Kati Hertzsch und allen guten Seelen im Hause Diogenes, besonders dem Verleger Philipp Keel und Ursula Bergenthal, die diese gewagte Buchidee ohne zu zögern Realität werden ließen. Auch an die Presseleiterin Ruth Geiger und ihr Team: A grosses Danka vielmol!

Roman
ca. 352 Seiten
Auch erhältlich als eBook, Hörbuch und Hörbuch-Download

Er ist der selbsternannte Sheriff von Raufarhöfn.
Er hat alles im Griff. Kein Grund zur Sorge.
Doch in Kalmanns Kopf laufen die Räder manchmal rückwärts. Als er eines Winters eine Blut-
lache im Schnee entdeckt, überrollen ihn die Ereignisse. Mit seiner naiven Weisheit und dem Mut
des reinen Herzens wendet er alles zum Guten.
Kein Grund zur Sorge.

Diogenes ist der größte unabhängige
Belletristikverlag Europas, mit internationalen
Bestsellerautorinnen und -autoren wie Donna Leon,
John Irving, Friedrich Dürrenmatt, Daniela Krien,
Benedict Wells, Doris Dörrie, Martin Walker,
Patricia Highsmith, Martin Suter, Patrick Süskind,
Ingrid Noll, Bernhard Schlink, Paulo Coelho,
Ian McEwan, Amélie Nothomb, Tomi Ungerer,
Katrine Engberg und Luca Ventura.
Daneben gehören eine umfassende Klassikersammlung,
Kunst- und Cartoonbände sowie
Kinderbücher zum Programm.

Entdecken Sie unser ganzes Programm auf
www.diogenes.ch oder schauen Sie hier vorbei: